羽田遼亮
Ryosuke Hata
ill. えいひ

最強不敗の神剣使い 1

The Invincible Undefeated Divine Sword Master

王立学院入学編

「俺はこれから旅に出る」
リヒト・エスターク
名門貴族・エスターク家の"忌み子"。周囲から無能と蔑まれ、家門を追放されるが……その身には、絶対無双の"天賦の才"が宿されている

『追放』という名の『旅立ち』
「……お兄様と離ればなれになって、生きていく自信がありません」
エレン・フォン・エスターク
リヒトの腹違いの妹。リヒトを忌み嫌う親族の中で唯一、彼に寄り添ってきた。リヒトに対して兄妹以上の愛情を爆発させることもしばしば

王女に捧げる騎士の誓い
「アリアローゼ様――」

「リヒト・エスタークよ。汝、我に忠誠を捧げるか？」
アリアローゼ・フォン・ラトクルス
ラトクルス王国の王女。正体を隠して旅していたところ、流浪の旅へと出立したリヒトと出会う。その胸には、とある崇高な志が秘められている

神剣に選ばれし"天賦の才"

「……俺に勝ってからほざけ」

最強不敗の神剣使い

The Invincible Undefeated Divine Sword Master

1

王立学院入学編

CONTENTS

最強不敗の神剣使い1
王立学院入学編

羽田遼亮

ファンタジア文庫

3056

口絵・本文イラスト　えいひ

最強不敗の神剣使い 1

The Invincible Undefeated Divine Sword Master

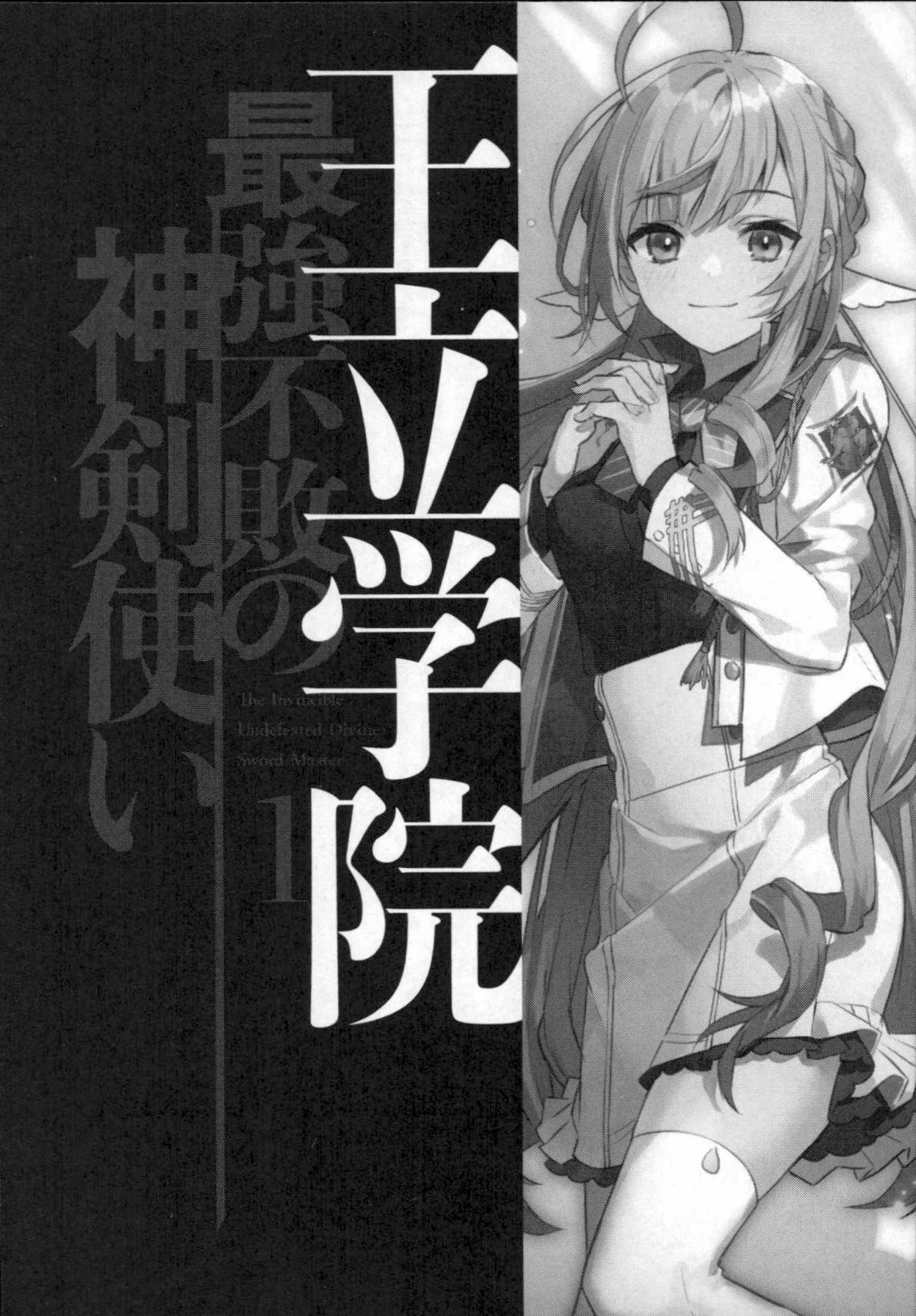
王立学院
最強不敗の神剣使い
The Invincible
Undefeated Divine
Sword Master
1

入学編

羽田遼亮
Ryosuke Hata
ill. えいひ

第一章

忌み子の追放

†

「リヒト兄上様は無能ではありません‼」

凛とした声が城内に響き渡る。

俺のことを擁護してくれている可憐な少女の名前はエレン・フォン・エスターク。

エスターク伯爵家のご令嬢だ。

俺の妹でもあるのだが、いわゆる腹違いというやつで身分が違う。

俺の母親は粉ひき小屋の娘で、父親であるエスターク伯爵が遠乗りに出掛けたときに見初め、連れて帰った女性だった。伯爵にはすでに妻子がいたので、母はいわゆる妾というやつだ。

妾というやつは古今東西、肩身が狭く、虐められるものだが、母親もその例外ではなく、正妻や侍女たちに虐められたという。

そんな母親もすでにこの世の人ではないが、虐めは今も継続して行われていた。

妾の子である俺は目の敵にされていたのだ。

まず俺は「フォン」を名乗ることが許されていない。フォンというのはこの国の貴族が姓名の間に入れる称号で、これがあると貴族という証拠になる。

ゆえに俺は、リヒト・フォン・エスタークではなく、リヒト・エスタークと名乗っているわけだ。

伯爵の正妻などは「エスタークの名を名乗るだけでも汚(けが)らわしい」とそれさえ反対しているらしいが、親族たちが家名だけは名乗らせてやらねば体裁が悪いと説得してくれたので、エスタークを名乗ることを許して貰(もら)っていた。

さて、話がずれたが、エスターク家において俺がどのような立ち位置なのか、分かりやすい説明だったと思う。

つまり俺はエスターク家にとって「忌み子」というわけだ。

その立場(ヒエラルキー)は限りなく低く、家来も同然の扱いで、本来、正妻の娘であるエレンに庇(かば)って貰うことなど有り得ないのだが、彼女はことあるごとに俺を庇ってくれた。

今日も「リヒト兄上様は無能ではありません‼」とエスターク家の正妻、つまり自分の母親と口論していた。

彼女の母親、ミネルバは嫌みたらしい声で言う。

「エレンは優しいのね。そんな犬よりも使えない〝無能〟を庇うなんて」

「何度も言いますが、リヒト兄上様は無能ではありません」

「いいえ、無能よ。その証拠にそいつは〝魔法が使えない〟じゃない」

「……それは」

言いよどむエレン。

——そう、俺は〝魔法が使えない〟のだ。

「我がエスターク家は代々、筆頭宮廷魔術師を輩出してきた家柄。魔法によってこの国に仕えてきたのよ。それなのに魔法が使えないなんて、本当にエスターク家の子供なのかしら」

「リヒト兄上様はエスターク家の血筋です！　お父様の息子です！」

エレンが抗弁してくれるが、俺の出自が疑わしいことは、俺が母親の腹の中にいた頃から言われていたことだった。

財産ほしさに種を偽って不義の子を生んだ、母親はそう罵倒されていたという。

しかし、俺が生まれ、その肩にエスターク家の紋様が浮かび上がることによってその疑惑は払拭（ふっしょく）された。エスターク家の子には必ずこの紋様があるのだ。

——それでもミネルバなどはいまだに疑いの目を向けてくるが。

構っていたら身が持たないので無視しているが、彼女は俺が魔法を使えないことを蒸し返して俺をなじる材料にしたいようだ。

「落とし子とはいえ、名門エスターク家の息子が魔法を使えないのでは話になりません」

「リヒト兄上様は、魔法は使えませんが、その代わり剣術に秀でています」

「あら、それはいいわ。ならば家を追放しても食べていけるわね。傭兵でもやりなさいな」

「追放とはなんですか⁉」

「その言葉の通りよ。この落とし子も一五歳、つまり成人になったのだから我が家で養う理由はないわ」

「しかし、他の兄上様たちはまだ家にいます」

「当たり前でしょう。私の息子であり、あなたの兄なのだから」

「リヒト兄上様も兄です」

「エレン、あなたは子供の頃からこの落とし子の肩を持っていたけど、それも今日までよ。これは決まったこと。もし、明日までに〝魔法の才〟を見せれば話は別だけど」

「どういうことですか？」

「あら、あなたに言っていなかったかしら」

「聞いておりません」

「家を追放する前に、一応、魔力が本当にないかテストをするの。最後の慈悲だわ」

「……そんな酷い」

「酷いものですか。舞踏会シーズンのこの季節にわざわざテストをしてあげるんだもの。ちなみにテストは明日よ」

「……それに合格すれば追放は撤回して頂けるのですね？」

「そうよ」

「分かりました」

妹のエレンはそう言うと、スカートの裾を持ち、頭を下げた。

この場を辞する許可を求めたのである。

彼女は母親の許可が下りる前に、肩を怒らせながら、大股で部屋を出ていった。

「リヒト兄上様！　行きましょう！」

そう大声を張り上げると、俺の手を引っ張り、武器庫へと向かった。

妹のエレンに武器庫に連れて行かれると、彼女は開口一番に、

「お母様なんてだいっきらい！」

と言い切った。

「自分の母親を悪く言うものじゃない」

一般論で諭すが、彼女の心には響かないようで。

「リヒト兄上様、なにを言っているのです。お母様はリヒト兄上様を追放しようとしているのですよ?」

「追放とは人聞きが悪い。ただの独り立ちだよ。いつかは家を出ないといけないんだ」

まあ、俺としては早く家を出て独り立ちをしたほうが精神的に楽だった。

「なにを言っているのです。リヒト兄上様はこのエスターク家を継ぐ存在なのですよ」

「そんな話、初めて聞いた」

「私は何度も言ってきました」

「そのたびに聞き流してきたよ」

「もう……」

エレンは吐息を漏らすと、武器庫の壁に掛けられた一際(ひときわ)立派な剣に近寄る。

武器庫にはいくつかの武器が転がっていたが、その剣は異彩を放っていた。

常人が見てもなにかある。特別な力が宿っていると分かるほどのオーラを放っているのだ。

この剣は神剣「ティルフィング」と呼ばれるものだった。

神話の時代より伝わる魔法の剣で、「錆びも刃こぼれもせず」「石や鉄を布のように斬り裂き」「狙った獲物は逃さない」などの力を持っている。

一言でいうとてもすごい魔法の剣なのだが、この剣は選ばれしものしか使うことはできなかった。

エレンは剣に近づくと、鞘に手を触れ、剣を持ち上げる。細身の彼女であるが、剣を持つ様が堂に入っているのは、幼き頃から剣の鍛錬を受けてきたからだろう。エスターク家は魔術師の家柄であるが、剣術にも力を入れ、魔法剣士を輩出することを誇りに思っているのだ。

神剣ティルフィングを持ったエレンは、鞘から剣を抜こうとするが、「バチッ！」と電気のようなものが走る。その衝撃でエレンは神剣を床に落としてしまう。

「やれやれ」

と吐息を漏らす俺、神剣を拾おうと手を伸ばす。

その動作は途中で止まる――、エレンがこんな提案をしてきたからだ。

「お待ちください。元に戻す前に、リヒト兄上様も剣を抜いてみてください」

「それは断る」

「なぜですか？」

「バチッとするのは嫌だ」

「ですがリヒト兄上様ならば抜けるかもしれません」

「それは無理だ。この剣は選ばれしものしか抜けない。エスタークの血を引くもの、それでいて尋常ならざる魔力を持つものしか抜けないんだ」

「リヒト兄上様こそ、選ばれしもののはず」

「俺が？　まさか」

乾いた笑いを漏らす。

「おまえも知っているだろう。俺は落とし子、しかも〝無能〟だ」

「嘘です。リヒト兄上様は昔、自由自在に魔法を使っていたではないですか。折り紙の鶴に命を吹き込んで飛ばしたり、怪我をした私を治療してくださいました」

「……それはエレンの〝記憶違い〟だ。きっと夢でも見ていたんだろう。俺は魔力のない無能だよ」

「嘘です！」

「嘘じゃない。というか、いい加減にしてくれないか」

「え……、いい加減ってどういうことですか」

「今日のこと全部だよ。エレンは善意のつもりなのだろうが、正直迷惑だ。ミネルバ様が

俺を無能とそしるたびに庇われても空しいだけだ。俺は無能なのだから。追放の件も同じだ。俺はこの家に留まりたくないんだ。つまり渡りに船なんだよ、今回のことは」
「……で、でも、追放されたらもう会うことはできません」
「永遠の別れじゃないさ。それにいつかはエレンも嫁に行く。別れが少し早まっただけさ」

　嫁に行く、その言葉を聞いた瞬間、エレンの目に涙が溜まる。顔を歪める。

そのまま泣き崩れそうになるが、彼女は名門エスターク家の娘、兄の前でも泣き崩れるなど、プライドが許さなかったのだろう。そのまま両手で顔を隠すと、武器庫から走り去っていった。

「リヒト兄上様の意地悪……」

　最後に小さな声でそう漏らしたのが印象的だった。

（……ごめんな、エレン。でも、これはおまえのためでもあるんだ）

　年頃だというのに兄離れできない妹の後ろ姿を見送ると、俺は床に落ちた神剣を拾う。

　この剣はエスターク家のものでなければ触れることさえできない魔力が込められている。これに触れることができるだけでもエスターク家の血脈である証拠なのだろうけど、そのことに誇りはおろか、なんの感慨も湧かない。

俺は軽く吐息を漏らすと、床に落ちた剣を元の場所に戻す。

――途中、その動作が止まる。

エスターク家の血脈になんの興味もない俺だったが、神剣自体には興味があったからだ。

幼き頃、〝神剣を抜いた〟ときに見た光景が蘇る。あの白刃の美しさは名状しがたい。

この世界のどんな宝石よりも美しかった。

〝魔が差してしまった〟俺は神剣の鞘を左手に、柄を右手に持つと、そのまま剣を抜いた。

するり、なんの抵抗もなく抜かれる神剣。

この神剣は〝尋常ならざる魔力〟を持つものしか抜けないもの。エスタークの血筋で抜けるものは誰もいなかった。

エスターク家の麒麟児と呼ばれた父親も、優秀だとされているふたりの兄も抜くことはできないのだ。

俺はそんな剣をいとも簡単に抜く。

神剣の白刃はそんな俺の顔を映し出す。

その表情は無表情で無味乾燥だった。

「――まあ、可愛げはないよな。一族中から疎外されるわけだ」

そんな感想を漏らすと、剣を鞘に納め、元の位置に置いた。

リヒトが自室に戻ると剣が輝き出す。

数百年にわたる眠りから目覚めようとする神剣。

〝彼女〟はまどろみの中で予言めいたことを口にする。

『忌(い)み嫌われし、落とし子の少年。

神剣の継承者にして、千の聖剣と魔剣を使いこなす勇者。

やがて彼はこの世界に調和をもたらす――』

寝言のように神剣はつぶやくと、再び眠りに就く。

†

翌日、俺の追放の是非を懸けた試験が行われる。

俺がエスターク家に留まるに相応(ふさわ)しいか、それを確認する作業が行われるのだ。

簡単に説明をすれば、俺に相応の魔力があればエスターク家に留まり、扶養を続ける。

魔力がなければ金を渡して厄介払いをする、ということである。

この方法はエスターク家のものが連綿と繰り返してきた伝統なのだとか。

名門エスターク家であるが、稀(まれ)に不出来な子供が生まれるらしく、そのたびにこのようなテストをして、追放の是非を決めていたのだという。

この試験で追放されたものは過去、五人ほどいるそうだが、さて、俺は六番目になれるのだろうか、そんな感想を抱きながらエスターク城にある練兵場に向かう。

そこには見知った顔が集っていた。

長兄であるフロド。相変わらず冷たい目をしている。氷細工で作ったかのような顔だった。

次兄であるマークスは相変わらずアホそうだ。特権意識丸出しで貴賓席に座っていた。

義母であるミネルバは相変わらず虫でも見るかのような目で俺を見ていた。ちなみに父親は欠席だ。父親は国王に呼び出され、王都に滞在中だった。

以上が麗しの家族であるが、その他、エスターク家の親族や重臣など、お歴々が集まっていた。伝統的な行事ゆえに出席の義務があるのと、好奇心もあるのだろう。

能なしリヒトがどのように追放されるか、興味津々のようだ。

彼らの期待に添うのは腹立たしいことではあるが、「追放」は俺の意に添っていることでもあるので、手っ取り早く済ませることにする。

練兵場の中央に向かうと、そこにいた魔術師になにをすればいいのか尋ねる。

彼は練兵場の中央にある的を指さすと、そこに《火球》の魔法を放て、と命じる。

「火球の魔法か……」

初歩中の初歩だ。エスターク家のものならば幼児でも使える。

しかし、俺は〝能なしリヒト〟、炎を放つことはできない。そのことを説明すると、魔術師は困ったものだな、と的に近寄り、なんなら《着火》でもいいと言う。

着火とは簡易魔法のことで、種火のような小さな火を放つ魔法だ。初歩中の初歩の魔法で、下手をすればそこらの農夫でも習得できる。焚(た)き火をするときなどに便利な魔法だった。

俺は的に触れられる位置まで近づくと、そこで《着火》魔法を放った。

ひょろひょろとした火はなんとか的までたどり着く。

無論、この程度の火力では的に引火しなかったが、それでも魔力の測定はできるようだ。

古代魔法文明の遺産である魔力測定器に繋(つな)がっている的は、俺の魔力値を叩(たた)き出す。

「リヒト・エスターク　魔力値　七」

その数字が公開された途端、失笑が漏れ出る。七という数字はそれほど低い。「うちの家の馬小屋の倅(せがれ)のほうがまし」と言うものもいるほどであった。

まあ、仕方ない。

俺は諦めるときびすを返そうとするが、それを止めるものがいる。

「おい、待て、なにも言わずに逃げ帰るのか？　負け犬の遠吠えはどうした？　観衆が期待しているぞ」

その嫌みたらしい声には聞き覚えがある。次兄のマークスだった。

「……マークス兄上、お久しぶりでございます」

「おまえの兄になった覚えはないわ。マークス様と言え」

「……マークス様、なにか御用でしょうか？」

「いや、おまえは七などというとんでもない数字を出したのに、恥じ入るところがなさそうなので注意しようと思っただけだ」

「俺は〝無能〟のリヒトですから」

「無能にも限度があるわ。このエスタークの面汚しめ」

「それは申し訳ありません」

あまり申し訳なくなさそうに言ったためだろうか、マークスはイラッときたようだ。

俺が見本を見せてやる！　とマークスは俺の横に立つと、呪文を詠唱し始めた。

「紅蓮に燃えさかる炎よ！　自然界の摂理をねじ曲げろ！」

マークスの右手の先から大きな火球が現れると、それはまっすぐに的に向かった。

燃え上がる的。

次いで測定器のカウンターが目まぐるしく動き回り、数値を叩き出す。

マークスの魔力値は、

「三三二」

だった。

その数値に観衆は、

「おお！　すごい！　さすがはエスターク家のもの」

と盛り上がる。

たしかに三三二という数字はすごい。

並の魔術師の魔力値は二〇〇あればいいほうらしいので、マークスは優秀な魔術師といえる。もっとも、そんなことはどうでもいいのだが。

俺の目的はさっさと追放をされること。次兄に媚びを売ったり、慈悲を願うことではない。それは他の家族にもいえる。このまま静かに退場させてほしかった。

そのように思って嫌みたらしく自慢をしてくるマークスを無視する。彼は反応がないのがつまらないと思ったのだろう。俺を解放すると、

「ふん、つまらないやつ。どこだろうが、好きな場所へ行け、この落とし子め」

と言い放った。

そうさせて貰おうと、背中を見せ、歩き始めると、それを止める人物が現れる。

「お待ちください！」

華麗にして流麗な声。その勇ましい声は練兵場に響き渡る。

我が妹の声は特筆に値するな。戦場でもよく響き渡りそうだ。女に生まれたのが惜しい、と思いながら妹エレンのほうを見ると、彼女は古めかしい本を掲げていた。

彼女はそれを開くと言った。

「会場の皆様、我が兄リヒトの追放、しばしお待ちください」

「なんだ、エレン、またこの能なしの肩を持つのか」

マークスは呆れながら言った。

「マークス兄上様、たしかにリヒト兄上様の測定値は低いですが、リヒト兄上様は古今無双の剣士でございます。剣士としての技量も考慮しなければ、不平等でしょう」

「なんだと？　こいつが古今無双の剣士だと？」

有り得ない、そんな表情で俺を見つめる。

「はい、マークス兄上様。リヒト兄上様の剣術はまさに神域。魔術など使わなくても立派な剣士としてエスターク家の力となってくれるでしょう。――その剣技はマークス兄上様の比ではありませんわ」

エレンはわざとらしく後半を付け足す。

そのように言えば気位が高いマークスが激高すると計算したのだ。案の定、彼は顔を真っ赤にしながら言い放つ。

「エレン！　貴様、この俺を愚弄するか！」

「愚弄などとはとんでもない。ただ、事実を言ったまで」

「まだ言うか。このお転婆め！　父上が帰ってきたら言いつけるぞ」

「まあ、それは怖い。しかし、父上が帰ってきたとき、リヒト兄上様が正式な試験を経ずに追放されたと知ったらどう思うでしょうか？」

「正式な試験だと？」

掛かった！　そう思ったエレンは持っていた古文書を開く。

「エスターク家家訓集、第二二条　修正三項　聖歴六八一年著述。エスターク家の追放裁判は魔力の測定を以て行うが、追放者が望んだ場合は〝決闘〟を選択することができる。その際、見届け人は決闘者を選出する権利を有す」

マークスは妹から古文書を取り上げると、「くそっ」と、つぶやき、本を地面に叩き付ける。ミネルバは「本当ですか、マークス」と尋ねるが、マークスは「どうやらそのようです、母上」と返す。ミネルバは眉をしかめたが、マークスは母親を安心させるためにこう宣言する。

「まあ、いいではないですか、我々は伝統を重んじる王国貴族だ。先祖の教えには従う。要はこの小生意気な落とし子を決闘で倒せば、追放が正当なものになるのだろう？」

俺のほうを睨み付けるマークス。

俺としては決闘などせず追放されたいのだが、と反論しようとしたが、それはエレンが止める。俺に寄り添うと、代わりに宣言する。

「リヒト兄上様はこうおっしゃっています。俺が怖くなければ決闘を受けよ！　もしも受けたらその勇気に免じて命だけは助けてやる」

「な、なんだと貴様ー！」

煽り耐性ゼロ、猪以下の知能しかない次兄マークスは激高する。

俺はエレンに苦情を言おうとするが、彼女は悲しげな表情でぼそっと漏らす。

「……リヒト兄上様と離ればなれになったら、寂しくて死んでしまいますわ」

そのような表情でそのような台詞を漏らされたら、兄としては反論できない。それに俺はともかく、会場の雰囲気は決闘一色に染まっていた。もはや決闘をしなければ収まりがつきそうにない。

「……はあ、仕方ない」

渋々決闘を申し込むと、マークスはいきり立ちながらそれを受ける。

こうして俺と次兄マークスとの決闘が成立する。

午後、昼食のあとにこの場所で行われることになった。


急遽決闘が行われることになった練兵場には魔力測定器が運び込まれていたため、それを片づける作業が必要だった。エスターク家に雇われた魔術師は、急いで測定器を片づけていると助手からこんな報告を受ける。

「親方、機械の様子が変なんですが」

「なんじゃと!?」

それは一大事。

魔力測定器は古代魔法文明の遺産で、高額な機械だった。もしも壊れたら修理代に天文学的な金がいるのだ。壊れたと魔術協会に知られれば大目玉を喰らう。

「クビになったらかなわん」

そう思いながら測定器を調べる魔術師。機械を開き、ログを解析する。

映し出される古代魔法文字。

――特に異常は見受けられなかった。

「こりゃ、貴様、驚かすでない。なにも異常はないではないか」

「あ、親方、異常は機械じゃないんです。なんか数値がおかしくて……」

「数値じゃと？」

今度は数値、つまり先ほどの測定結果を解析する。

そこに表示されたのは三三二という数字だった。

「この数値は最後に計ったマークス殿の魔力値じゃないか。なにが問題なんじゃ」

「いえ、それではありません。その前のやつです」

「その前だと？　あの落とし子のものか？」

魔術師はひとつ前の数字を解析すると、我が目を疑う。

「な、なんじゃと⁉　魔力値七七七だと⁉」

「そうなんですよ。なんかおかしいですよね、これ。だって空中に投影された数値は七だったのに」

「むうう……しかし、機械はどこも壊れておらん」

いくら解析しても機械に異常はない。

つまり投影された数値を弄（いじ）ったものがいるということだ。

「……まさか、あの衆人環視の中、数字を弄ったものがいるというのか……」

本職である自分は機械を弄っていたからともかく、あの会場には他にも魔術師がいた。

そんな中、誰にも違和感を悟らせないなど、不可能である。

「……いや、この魔力値を持つものならば可能か」

魔力値七七七はとんでもない数値だ。

並の魔術師の二〇倍以上の魔力値を持っているのだ。

「……あのリヒトとかいう落とし子、もしやエスターク家の中でも最高の魔術師なのではなかろうか」

あの場で魔力値を誤魔化せる魔力を持っているものはリヒトしかいない。そう結論せざるをえない。しかし、解せないのは、なぜ、そのようなことをするか、だ。

魔力が低ければ追放されてしまうというのに、なぜ、魔力を偽らなければいけないのか、魔術師にはそれが理解できなかった。

「……しかしまあ貴族様とはそんなものか」

貴族の世界は権謀渦巻く魑魅魍魎の世界。出る杭は打たれるという言葉もあるとおり、強すぎる魔力を持っていても生きやすくはないのだろう。ましてやリヒトという少年は落とし子であり、伯爵家内での立場も微妙なはずだった。

「……哀れな少年じゃて」

魔術師はそう思ったので、このことを依頼主であるエスターク家には報告しないことにした。リヒトの魔力値を報告すれば一波乱あるからだ。

「……まあ、わしは雇われ魔術師。機械を正常に動かすまでが仕事」

魔術師はそう言い残すと、そのまま王都へと帰還することにした。

午後からリヒトとマークスの決闘が行われるが、それを見届けるつもりもない。弟子は勿体(もったい)ない、と言うが、魔術師に言わせれば、「勝敗が定まった」決闘ほど面白くないものはないのだ。あのマークスという貴族の倅(せがれ)ではどうしようもないだろう。

それくらいリヒトという少年からは底知れぬものを感じた。

†

伝統に則(のっと)り、決闘が行われることになった。

俺は自室に戻ると、そこで決闘の発案者である妹に苦情を申し立てる。

「エレン、おまえはどうしてそんなに俺を困らせるんだ」

「リヒト兄上様と一緒にいたいからです」

彼女はそう言うと俺の胸に飛び込む。花のような香りが俺の鼻腔(びこう)をくすぐる。彼女の黒髪を撫でながら、その肩に両手をやり、距離を取る。

「こら、はしたないぞ」

「はしたなくなどありません。兄妹同士の触れあいです」

「おまえのハグは艶めかしいんだよ」

「古代のエスターク家では近親相姦が盛んに行われていたそうです」

「古代は、だろう。今は家訓で禁止されているはずだ」

エスターク家の家訓をそらんじる。

「エスターク家家訓集、第四五条　修正七項　聖歴六九九年著述　二親等間の婚姻を固く禁ずる」

「まあ、そんな家訓があったなんて知りませんでしたわ」

わざとらしく白を切る姿は可愛らしいが、悪い娘なので額に指弾を加える。

「痛いです。リヒト兄上様」

「お仕置きだ」

「抱きついただけで酷いです。もしも本当にお仕置きをするならば、淫らなお仕置きがいいです。官能小説のような」

さあ、私を淫らに、激しく折檻してください、と俺のベッドに大の字になるエレンにさらにお仕置き。今度は頭をげんこつでぐりぐり。

「い、痛いですわ、リヒト兄上様。か、堪忍してください」

涙目になる妹、可哀想なのでお仕置きはここまでにするが、一言、注意はする。

「もう過ぎたことだから言わないが、〝家訓〟をねつ造までして俺に決闘をやらせるのは感心しないな」

ギクッ！　という擬音が漏れ出そうなくらいエレンは表情を固まらせる。

「――なんのことでしょうか？」

「そのままの意味だよ。たしかにエスタークの家訓に決闘追放の条項はあるが、あれは落とし子には適用されない」

「…………」

「よくもまああの場であんなに堂々と嘘をつけるな。すごい肝っ玉だ」

「――リヒト兄上様を護るためですわ」

「気持ちは嬉しいけど、妹に嘘をつかせたくない」

そう言うと俺はエレンを抱きしめる。家族のハグだ。兄と妹のハグ。

「……ずるいです。こんなときに優しくするなんて」

「こうすればもう変なことはしないだろう」

「……はい。――ところでどうして私が嘘をついていると分かったんですか？」

「エレンは嘘をつくとき、鼻をヒクヒクとさせる」

自分の鼻を慌てて押さえるエレン。顔を真っ赤にさせるが、賢い彼女はすぐにそれが嘘だと悟る。「もう、リヒト兄上様！」と頬を膨らませるので、種明かし。

「鼻は冗談だよ。俺はエスターク家の家訓をすべて覚えているんだよ」

「まさか⁉」

と驚愕する妹。

「リヒト兄上様の記憶力が天才的ということは知っていますが、このぶあつい古文書を全部覚えているというのですか？」

「ああ」

「信じられません」

「ならば諳んじてみせよう。エスターク家家訓集、第八条　修正七項　聖歴七一一年著述。エスターク家のものは借りを返す。繰り返す、エスターク家のものは絶対に借りを返す」

「…………」

沈黙する妹。一言一句違っていないのでエレンはぐうの音も出ないようだ。

「……さすがリヒト兄上様です。その記憶力、三国一。その推察力もです」

「どうも」

「ならば私の意図も分かるでしょう。私はマークス兄上様に喧嘩を売り、決闘で追放の是非を決めさせたいんです」

「さすがにそれは分かる。なぜ、エレンがそうしたいのかも」

「リヒト兄上様とずっと一緒にいたいからです」

「気持ちは嬉しい」

「しかし、それには問題が。決闘に勝たねばなりません」

「それは難しいな。なにせ俺は〝無能な落とし子〟だから」

「嘘です。リヒト兄上様は無能ではありません。マークス兄上様など片手で倒せます」

「過大評価だ」

「過大評価なものですか。私は知っているのですよ。リヒト兄上様が神剣を抜けることも」

「…………」

「問題なのはリヒト兄上様が勝つ気でいるか、それだけです。兄上様はわざと負けて追放を選びそうな気がします」

「…………」

そう寂しげに漏らす妹のエレン。

完璧な上に正しい指摘だったので沈黙によって答えるしかない。

俺は再び、妹を家族として抱きしめると、時計台の鐘の音が鳴るのを待った。正午の鐘が鳴る。午後一時には決闘が始まるから、準備をしないといけないだろう。

エレンはそれ以上なにも言わず、決闘の支度を手伝ってくれた。

†

時計の針が午後一時を指したとき、決闘は開始される。

練兵場の中央で戦うわけだが、戦う前に「武器」を選択するように言われる。

剣、槍(やり)、フレイル、鎖鎌なんでも揃(そろ)っていた。

自由に選んでいいそうなので、剣を所望する。

「ほう、剣か。良い物を選んでおけよ。あとで負けの言い訳にはされたくないからな」

次兄のマークスは嫌みたらしく言うが、気にせず剣をチェックする。

すると「とある」ことに気が付いたのでマークスに抗議しようとしたが、貴賓席から俺を睨(にら)む視線に気が付き、やめる。

「……剣に仕掛けをしたのは義母(はは)上か」

剣にはもろくなるようにヒビが入れられていたのだ。これでは決闘中に折れて使い物にならないだろう。

「まあ、勝つつもりはないからどうでもいいのだけど」

それにヒビくらいどうにでもできる。

俺は剣に魔力を送り込み、強化する。無論、無詠唱で誰にも悟られずに。

マークスはおろか、審判ですら俺が魔力を送り込んだことに気が付かないだろう。それくらい素早く魔法を完成させられるのだ。

強度が増した剣を振るうと、空を切る。うむ、なかなかに良い出来映えだ。そう思った瞬間、時計の針が午後一時を告げる。

決闘開始の時間。

そのまま練兵場の中央でマークスと剣を合わせると開始の合図を待った。

「なんだ、兄上も剣ですか」

「我がエスターク家では剣も使えて一人前だ。おまえは剣が得意だそうだからハンデだな」

「有り難(がた)いことです」

俺がそう言うと開始の合図が鳴り響く、

「ほざけ！」

とマークスは一歩飛びだし、剣を振るう。その一撃はなかなかに決まっていた。

もしも並の戦士ならばそのまま斬撃を貰ってしまうかもしれないが、こちらは幼き頃より剣を枕元に置き修行を重ねた身だ。スローモーションにしか見えない。

このままやつの攻撃をかわし、反撃したい衝動を抑えながら、半歩後ずさると、やつの斬撃がやってくる。やっとの思いで防御する態を見せる。

「……く、さすがは兄上……」

相手を立たせるための言葉であるが、口にするのも馬鹿らしいので棒読みになってしまう。ただ、観客が三流ならば主演男優のほうも三流なので、気が付かれることはなかった。

「ふははは！　恐れいったか！　俺様の剣技に酔いしれろ！」

ぶんぶんと剣を振り回す。

隙だらけな様に呆れてしまうが、それでも追い詰められる振りをする。

俺の疑似的な危機に妹のエレンは、

「リヒト兄上様、なにをしているのです。本気を出してください！」

必死に懇願する。

その姿を見るとどうしても心を痛めてしまうが、それでも心を鬼にして負ける。

俺は追放されたい。義母上たちは俺を追放したい。需要と供給が一致しているのだ。それに逆らうことはできない。

そう思い、わざと斬撃を喰らおうとよろけてみせた。

そこにマークスが斬撃を加え、俺は死なない程度のダメージを貰う。それですべてが解決するはずであったし、そうするつもりであったが、それはできなかった。

よろけようとした瞬間、足を摑まれる感覚を味わったからだ。

否、俺は足を摑まれていた。

見ればざっくりと地面が割れ、そこから霊的な手が伸びていた。

「……これは《呪縛》の魔法か」

見れば義理の母親がにたりとしている。さらに会場には数人の魔術師がおり、呪文を詠唱していた。

「……そういうことか」

どうやら義母上は俺を追放したいのではなく、殺したいようだ。

追放では飽き足らずに亡きものにしようとしているようだ。

だから剣に細工をし、会場に魔術師を配置し、妨害しているのである。

なぜ、そこまで俺を憎むのだろう。

——心当たりはありすぎた。

父の正妻ミネルバはとても嫉妬深い性格で、父の妾である母に辛く当たっていた。いや、おそらく、俺の母を殺したのは彼女だろう。それは城の人間ならば誰でも知っている常識でもあった。

彼女は幼い俺を折檻し、隙あらば殺そうと手ぐすねを引いていたのだが、やっとそれを実行する機会を得たというわけだ。

夫である伯爵が家を留守にする隙、俺を追放し、護るものが誰もいなくなる隙。それを待ち望んでいたのだろう。本当ならば俺を追放したあと、暗殺者を送るつもりだったのだろうが、エレンが決闘を提案したものだから、作戦を変更したようだ。

あるいはミネルバにとって今回の決闘は渡りに船だったのかもしれない。

決闘ならば、決闘中になにが起こっても不問に付すというのはこの国の伝統であり、国法でもあるのだ。

「……まったく、そこまで恨まれて光栄だな」

口の中でそう漏らすと、決意を固めた。

俺の選択肢はふたつ、このまま黙ってマークスに斬られるか、あるいはマークスを斬るか、である。その二択しかない。

ここまできたからには血を見ずに解決することはないだろう。

そう思った俺は、後者を選択した。血を分けた兄を斬ることにしたのだ。

練兵場の入り口を確認する。兄を斬り殺したあとの逃走路を確保したかった。

決闘中の殺人は合法だが、マークスを殺した俺がそのまま許されるわけがない。

兵士に捕らわれ、八つ裂きにされるだろう。義理の母はサディズムの権化だった。

兄を殺したあとは、即座の逃亡を選択する。

俺の選択は正しいが、その行動が実行されることはなかった。なぜならば泣きながらミネルバに抗議する妹が視界に入ってきたからだ。

賢い上に鋭いエレン。彼女は俺の剣に細工がされ、呪縛の魔法が掛けられていることを即座に察し、母親に抗議をしていた。

泣きながら母親に詰め寄るエレン。妹の涙を見るのは何年ぶりだろうか。

「……そうか、あのとき以来か……」

俺の母親が死んだ日、葬式で唯一泣いてくれたのがエレンだった。とっくの昔に涙が涸れ果てた俺の代わりに泣いてくれたのが彼女だった。

エレンはミネルバに猛抗議をし、ミネルバはそんなエレンの頬をはたいていた。それでも決闘を中止するように懇願する。

その姿を目に焼き付けてしまった俺は、第三の選択肢を採る。

俺を斬り殺そうと剣を構えるマークスの剣を、魔力を込めた剣で弾き飛ばすと、足に魔力を送り込む。

ぼん！　と会場の四方から俺を呪縛していた魔術師に魔力を逆流させ、気絶させる。

あとは手に火球を作り俺を焼こうとしている兄上を説得するだけだった。

それには《火球》が出来上がるのを待つほうが効果は高いだろう。

兄上にたっぷり時間を与えると、彼が投げつけた火球を真っ二つに斬り裂き、喉元に剣を突き立てる。その光景を見て、マークスは冷や汗を流し、絶句し、ミネルバは「ば、馬鹿な――」と驚愕の声を漏らした。

「我が兄マークスよ、そして裏で手ぐすねを引く義理の母ミネルバよ！」

俺の高らかな宣言に、会場は沈黙する。名指しされた当人たちは冷や汗をかきながら俺を見つめる。

「俺はおまえたちの言うように、〝能なし〟だ。落とし子だ。だから黙って追放されてやる。しかし、追放はされるが、妹を泣かすのは許さない！」

妹のエレンは泣きはらした顔を俺に向ける。

「いいか、俺は今、この場にいる全員を斬り殺すことだってできるんだ。だが、そんなことはしない。なぜならば妹が悲しむからな。おまえらの血の一滴は妹の涙一滴に劣る‼」

「………………」

「俺にとって妹はすべてだ。俺はこの家を出ていくが、もしも妹になにかしたら、おまえらの指を全部切り落としてやるからな」

そう言うとマークスの首の皮を剣先でなぞる。わずかだが血が漏れ出る。

恐怖にうめき声を上げるマークスに、

「分かったかね？　兄上」

と言うと、彼はこくこく、と頷いた。

ミネルバのほうも汗を滲ませながら頷くと、決闘の勝敗は定まった。

あとで勝敗に難癖を付けられるのが嫌だったので、マークスに指弾を入れるように命令すると、彼は恐る恐る俺の額に指弾を入れる。

俺は大げさに、わざとらしく吹き飛ぶと、

「ああー、なんて一撃なんだー。負けた、負けた。参ったー。エスターク家の次男には勝てない」

と倒れ込み、審判を睨み付ける。審判はびくつきながらマークスの勝利を宣言する。

すべてが丸く収まったことを確認すると、墓場のように静まりかえっている練兵場をあとにした。

そのまま自室に戻ると、纏めてあった荷物を持ち、エスターク城をあとにした。

†

このようにして見事、俺の追放が決まる。

ああ、清々した。

と街道を歩いていると、後方から猛烈な勢いで馬車が近づいてくることに気が付く。

最初、追っ手かと身構えるが、追っ手ではないとすぐに気が付く。

馬車の主が麗しの妹君だと判明したからだ。

彼女は勢いよく馬車の扉を開けると、俺目掛け、突進してくる。

兄の剣は止まって見えたが、妹の体当たりはとても素早い。それでも避けられないわけではないが、あえてなにもせずに彼女の好きなようにさせた。

首に抱きつき、全体重を掛けてくるご令嬢。

「リヒト兄上様、リヒト兄上様！」

涙ぐんでいるし、惜別の感情に溢れていたが、俺を止める気はないようだ。実の母親の殺意を目の当たりにしてしまえば、無理に止めることなどできないのだろう。

鼻水まじりに俺を抱きしめてくる。しばし、それを許すと、彼女の感情が収まるのを待ち、言葉を懸ける。

「義母上の行動を見ていただろう。俺と彼女はひとつ場所にいてはいけないんだ」

「……はい。それは分かります」

「じゃあ、お別れだ」

「それは嫌です。私も一緒に旅立ちます」

「エスターク家のお嬢様が？」

「幼き頃から剣を習っておりました。その技量はリヒト兄上様も知っているはず」

「もちろん、しかし、エレンは枕が替わると眠れないことも知っているよ。以前、伯母の家に遊びにいったとき、眠れなくて夜泣きして、夜中に家に戻ったことを忘れたか？」

「子供の頃の話です」

「一ヵ月前も女中がお気に入りの枕を破いてしまって騒いでいたじゃないか」

「で、でも……」

「なにが言いたいのかといえば、城の外に出るということはそういうことなんだ。鈍感に生きなければいけない。でも、エレン、おまえは繊細過ぎる。冒険者や傭兵にはなれない」

自分のことを知り尽くしているエレンは反論できなかった。

「……お兄様と離ればなれになって、生きていく自信がありません」

「離れても心は一緒だよ」

「……本当ですか？」

「本当だ」

「ならばその証拠を――」

彼女は目をつむると、唇を差し出す。キスをせがんでいるようだ。

その桃色の唇は蠱惑的であったが、往来で妹とキスをするのははばかられる。

なので額に唇を寄せると、「今はこれで我慢してくれ」と言った。

「……はい」

と納得するエレンが可愛らしかったので、彼女に希望を与える。

「俺はこれから旅に出る。冒険者になるか、傭兵になるか。それは決めていないけど、落ち着いたら手紙でも書くよ」

「本当ですか⁉」

ぱあっと顔を輝かせるエレン。その笑顔は向日葵を連想させる。

「本当だ」

「毎日書いてくれますか？」

「ああ」

「約束ですよ！」

気軽に指切りげんまんをする。彼女は「リヒト兄上様が居を構えたら、ぜったい、引っ越しますからね」と続ける。俺はそれに生返事をする。

冒険者にしても、傭兵にしても、それほど甘い世界ではない。ちゃんと食べられるようになるのに数年、家を構えるようになるのに十年は必要だろう。

かなりの年月を必要とするはず。そうなればエレンもいいお年頃。きっとどこかに嫁いでいるだろう。リヒト兄上様と結婚したい！　と公言する彼女だが、兄妹の情愛など一時的なもの、大人になればそんなときもあったわね、と笑って思い出す日がくるはずであった。

そのとき、エレンと笑って語り合えるような仲でありたい。

にこやかに茶を飲める環境を作りたい。それがエスターク家を出る俺の望みだった。

義理の兄や母は意地の悪い人間だったが、身内には甘い。俺がいなくてもエレンにはよくしてくれるはず。

それに家長である父親は、なかなかの傑物。唯一の娘であるエレンを溺愛していたし、悪いようにはしないはずだ。

そんな計算が働き、交わした約束だが、エレンは喜んでその約束を受け入れてくれた。

エレンの烏の濡れ羽色の髪を見ていた俺はとあることを思い出し、彼女に願いを託す。

「そういえば鶏小屋にいる俺の使い烏に餌をあげておいてくれないか。餓死させるのは忍びない」

エレンは「リヒト兄上様だと思って大切にします」と宣言すると、そのまま馬車に戻り、エスターク城に戻っていった。

†

さて、このようにして実家と決別し、旅立ったわけであるが、荷物を背負うと違和感を覚える。いや、本当は背負う前に気が付いていたのだけど、あえて気が付かない振りをしていたというか……、俺の荷物の中に明らかに見慣れぬものが突き刺さっていた。

それは我が家の武器庫にある神剣であった。

「……もしかしてこれってティルフィング……？」

どこからどう見ても神剣ティルフィングのように見えるが、間違いであることを祈りながら、抜いてみると懐かしい白刃が見える。陽光の下、反射する光はまばゆいばかりに美しい。

「おいおい、どうしてエスターク家の家宝が……」

と思っていると、先ほどの妹の笑顔が思い出される。

「……あいつだな」

別れ際、なにかこそこそとしていると思ったら、こんな置き土産を残していたというわけか。

「今頃、エスターク城は上を下への大騒ぎなんじゃないかな」

吐息が漏れ出る。

賊が侵入した！　と騒ぎまくる衛兵長の姿が思い浮かんだが、その想像は外れている、と誰かが教えてくれた。

『安心しなってリヒト。君の妹はそこまで馬鹿じゃない。ちゃんと偽物の神剣とすり替えてくれたから』

それは助かる、と言いたいところだが、俺は身構える。気配を感じさせずにしゃべる人物がいるなど、尋常ならざる事態だと思ったのだ。

思わず腰の長剣に手が伸びるが、その声は『安心して』と言い張る。

「面妖な……、どこから声が聞こえるんだ……」

気配を探るが、周囲には猫の子一匹いなかった。耳を澄ませる。声の発生場所は、荷物だった。さらに集中すると、どうやら神剣自体が音を発しているようで——。

「まさか、この神剣、しゃべれるのか？」

『ぴんぽーん！　大正解です』

陽気な女の子の声だった。

「……妙に軽い性格だな」

『失敬な。ワタシは神剣ティルフィング。エスターク家に代々伝わる秘宝だぞ』

「君を最初に手にした人物は？」

『エスターク家の初代当主、ブラムス・フォン・エスターク』

「彼の母親の名は？」

『サマンサおばさま』

「……正解だ」

『ちなみにブラムスとワタシはまぶだち。あいつがまだ女の子のおっぱいも触ったこともない年齢のときから一緒に戦っているんだ。伝説ではこの国の建国に尽力した功臣ってことになってるけど、ほんとはね、すごい弱虫なんだ。仲間たちからは小便垂れのブラムスと呼ばれてた』

「ご先祖様の貴重な情報をありがとう」

『どういたしまして。始祖だからって立派な人物じゃないってことだね』

「妙にリアリティある情報から察するに、この声の主がティルフィングであることは間違いなさそうだが、疑問がある。俺は子供の頃から君を見かけてきたが、君は今までいちどもしゃべらなかった。どうしてだ？」

『いやー、実はワタシ、三年寝太郎でね。ずっと眠っていたんだ。そしたらあの娘、ええと、黒髪の綺麗な……』

「エレン」

『そう、エレンがワタシを持ち出してね。久しぶりに太陽光を浴びちゃった。そしたらセロトニンがドバドバ出て目覚めちゃったというわけ』

そんなしょうもない理由で目覚めた上に、いったい、何年寝ていたんだ、と突っ込みたくなるが、突っ込んだら負けのような気がするので、ティルフィングを摑む。

『お、大胆だね。しかもワイルド。そういうの嫌いじゃないよ。わくわくどきどき』

そう茶化す神剣だが、俺がきた道を戻ろうとしていることに気が付いた彼女（？）は大声で叫ぶ。

『う、うぉ、リヒト、まさか君はワタシをエスターク城に戻そうとしている？』

「そのまさかだよ。俺は落とし子だが、犯罪者じゃない。泥棒はしない」

『ちょ、ちょい待ち！　これは泥棒じゃないよ』

「盗人猛々しいという言葉、知っているかな」

『こちとら無機物。知ってるわけないじゃん。でもね、ワタシの所有者が君だけってことは知っている。たしかにワタシはエスターク家の武器庫に保管されていたけど、埃をかぶっていたでしょ？　この数百年、ワタシを使いこなせるものがいなかったからだよ。そんな中、君は平然とワタシを抜き放ったんだ。要は君ならばワタシを使いこなせる。イコール所有者ってわけ』

「でも、盗みには変わらない」

『剣自体がいいって言ってるんだからいいじゃん！　まったくもう、リヒトは据え膳食わぬは男の恥って言葉知らないの？』

「無機物のくせにどうしようもない言葉は知ってるんだな」

『そうだよ。それに今、この剣を返しに行ったら、大変なことになるよ。リヒトは実家と一悶着を起こして旅立ったんでしょう？　今度はそのまま牢に入れられるか、討伐軍を向けられるよ』

「妹の立場が危うくなるやもしれない」

『それはない。もしもばれても君の妹が手を貸しただなんて誰も思わないよ。君の妹は一族中から愛されているからね。ばれるようなヘマをするとも思えないし。要領のいい子だよ』

「――一理あるな」

意地悪な義理の母、それに彼女の血を色濃く引く長兄と次兄の顔が浮かぶ。彼らは俺を蛇蝎のように嫌っていたが、妹のエレンは可愛がっていた。同じ血族として優遇していた。

「しかし、万が一が」

『そのときは素直に返せばいいでしょ。ワタシもエスターク家の人たちに君が盗んだって言い張るよ。そうすれば少なくとも妹ちゃんには累が及ばない』

「……なるほど、まあここは穏当にかたづけたほうがいいか。今度、エレンと出会ったときにそっと返しておくよ」

『やりぃ、さっすが、ワタシのマスター』

ゆあ、まい、ろーど、と異国の言葉で俺を称揚する神剣、腰に装着すると街道を歩くことにした。

『ねえねえ、目的地はあるの？』

「ある。北のほうに大きな街がある。そこに冒険者ギルドがあるらしいから、そこに登録したい」

『おお、冒険者になるのか。そりゃ、すごい』

「稼ぎはよくないだろうけど、取りあえず手に職を付けないと」

『堅実だねえ。お嫁さんのなり手が列を成すと思うよ』

「女に興味ない」

そう断言すると、そのまま北へ向かった。


数キロほど歩くと、宿場町が見えてくる。

『あれが例の街？』

神剣ティルフィングは尋ねてくるが、そんなにも早く到着するわけがない。

「あれは途中にあるただの宿場町」

『なんか、美味しい匂いが漂ってくるけど、泊まっていかないの？』

たしかに肉を焼くような香ばしい匂いがする。大通りに屋台が出ているようだ。

そこから漂ってくるのだろうが、無機質の神剣のくせになんて鼻がきくのだろうか。

俺は一瞬、その宿場町をスルーしようかと思ったが、やめる。

大通りの出店で串焼きを一人前購入すると、情報を収集することにした。腰の神剣は串焼きをねだらない。この辺は無機質だと思った。

ただ、自分の意見が採用されたことが嬉しいらしい。

『やりぃ！　ワタシはリヒトの軍師だ！』

と騒いでいる。ちなみに腹が減ったから注文したのではない。店主から情報を仕入れるために金を支払ったに過ぎない。

串焼きを受け取ると、美味いと世辞を言い。どこから仕入れているのか尋ねる。なんでもこの辺は鶏の飼育が盛んなようだ。その後、世間話をしながら、北の街の様子を尋ねる。

「なんだ、兄さん、北の街へ行くのか」

「この辺だとそこにしか冒険者ギルドはないと聞いたものですから」

「冒険者志望か。たしかにこの辺だとあそこくらいしかギルドはないかねえ。なんせ、田舎だから」と笑う。

「エスターク家の施政が万全ならばもっと栄えているのでしょうがね」

軽く皮肉を言うと、店主は違いない、と笑ってくれる。

「まあ、エスターク家は暴君ではないし、税金の取り立てもそんなに厳しくない。総合的には良い領主様だよ」

店主は軽くフォローすると、北の街の情報をさらに教えてくれる。

「たしかに北の街はこの辺じゃ一番栄えているが、街へ続く道が今、閉鎖されていてね」

「へえ、なぜなのですか？」

「この前、大雨が降っただろう。あのときに橋が流されちまったのさ」

「ああ、あの雨で」

「そう、だから今は迂回しないと行けないはず。ここから北西にある宿場町に行けば迂回路に詳しいやつもいると思うぜ」

貴重な情報だったので礼を言うと、さらにもう一本、串焼きを注文した。

「まいどあり！」

店主は愛想一杯の表情を浮かべると、二本目の串焼きを焼いてくれた。

『まいどありー！』

と復唱する神剣。小うるさいが、こいつがいれば退屈だけはしなそうであった。

昔、読んだ冒険譚ではティルフィングのような『道化』が付き添い、主人公たちを励まし、笑わせ、陽気にさせてくれた。道化の名前はなんといったか忘れてしまったが、こいつは最強の武器としてだけではなく、そういった役割を担っているのかもしれない。

——過大評価かもしれないが、そう思うことにした。

†

さらに北にある宿場町に向かう。

道中、街道を歩いていたので盗賊などには出くわす心配はなかった。

街道は定期的に護民官が巡回をし、治安を保っているのだ。

街道で悪さを働く、単細胞な盗賊は滅多にいない。

ただ、稀に街道で悪さをする頭の悪いコボルトなどはいる。

頭犬人と呼ばれる魔物の群れが街道にやってくることがあるのだ。

山で食い詰めたコボルトが、麓に下りてきて家畜を襲うことが稀にあったが、ちょうど、今、山に食料がない季節らしい。街道まで下りてきたようだ。

コボルトたちは錆びた短剣や石器で武装し、荒ぶっている。

幸運なのか、不運なのかは分からないが、どうやら彼らと戦闘になりそうだ。

最初、無益な戦闘は避けようと思ったが、とある考えに至ったので彼らと戦うことにする。

その考えとは――

「この神剣の切れ味を試したい」

というものだった。

この神剣がエスターク家の伝家の宝刀であることは知っている。

おしゃべりな女の子のような人格をしており、一人称が「ワタシ」なのも確認済みだ。

問題なのはこの神剣の切れ味だった。

彼女はこの数百年、ワタシを扱えたものはいないと言っていた。つまり、この数百年、実戦から遠ざかっているのだ。

俺は伝説の神剣よりも、実戦で実績を積み上げた業物の短剣のほうを信頼するタイプだった。

そのことを正直に話すと、神剣はへそを曲げる。

『ぶっぶー。君はワタシのことを信頼していないんだね』

「有り体に言えば」

『ひっどー。しかもワタシよりもそんな小娘を信頼するなんて』

「エスターク家の親戚のティレアム伯爵は、生娘よりも何人も子供を産んだ経産婦を好むそうだよ。丈夫な子供を産んでくれる可能性が高い」

抽象的に返答するが、その言葉にティルフィングは燃え上がる。

『リヒトは剣を焚き付けるのが上手だね。いいでしょう。本気を見せてあげましょう』

そう言うと剣は鈍く光る。そのまま神剣ならではの必殺技でコボルトたちを一掃してくれると思ったのだが、そうそう都合良くはいかないようだ。

『ごめん、何百年も寝てたから、必殺技の使い方を忘れてしまった』

「――だと思ったよ。それでも切れ味は落ちてないんだろう？」

『そっちのほうはばっちり。なにせワタシはメンテナンス不要の神剣と言われているくらいだからね』

「有り難(がた)い」

そう言うと飛びかかってきたコボルトを一刀で斬り裂く。


シュバ！


「…………」

一瞬、言葉を失ってしまったのはその切れ味が凄(すさ)まじかったからだ。エスターク家にはいくつもの業物の剣が転がっているが、このように切れ味鋭い剣、初めて手にしたかもしれない。

カミソリのような切れ味と、鉈(なた)のような強さが同居した、異質な切れ味だった。

なかなかに慣れないので戸惑ってしまうが、三匹目のコボルトの石器を斬り裂く頃には使い方を覚えていく。

「……なるほど、この角度で斬れば石でも斬り裂けるのか。伝承通りだ」

ティルフィングは「岩や鉄を布のように斬り裂く」という伝承はたしかなようだ。鍛練を重ねなくても斬鉄さえできそうである。

そうなってくるとコボルトごとき、相手にならない。

俺はエスターク家で幼き頃より剣術を習ってきた。

西国からやってきた（自称）世界一の剣士に剣を習っていた時期もあるし、そうでなくても朝晩、素振りを欠かしたことがない。

魔力の才を見せれば〝親族〟に暗殺される恐れがあった俺は、必然的に剣の稽古に没頭しなければいけなかった。

魔法の家系にあって〝鉄〟の剣を振るうしかない〝能なし〟と認知されなければ、命の危機に晒（さら）されたのだ。子供ながらに覚えた処世術である。

人目がある場所で魔法の練習ができなかった俺は、代わりに馬鹿のひとつ覚えのように剣を振るっていたわけだが、その成果が発揮される。襲いかかってきたコボルトを両腕ごと切断したのだ。あっという間に四匹のコボルトを駆逐すると残りのコボルトは戦意を喪失し、総崩れとなる。武器を捨て、四つ足になって逃げだした。

まさしく負け犬であるが、その姿を見たティルフィングは、

『おおおー！　すげー！　ワタシの新しい御主人様、超つえええ！』

と感涙にむせていた。

コボルトを追い払ったくらいで絶賛されても困るのだが、と抗弁すると彼女はこう言った。

『ワタシの初代の持ち主、ブラムスも強かったけど、コボルト一〇匹の群れを追い払うのに、二分四二秒は掛かったよ。でもリヒトは二分三〇秒だ。新レコード樹立だよ』

わざわざ計っていたのか。まめな神剣だ、と思いながら神剣についたコボルトの血を拭うと剣を鞘に納める。

テンション高めのティルフィングだが、実は彼女に黙っていたことがある。それは先ほどの戦い、手を抜いていたということだ。

実は本気を出せば一分以内に決着を付けられたのである。

ただ、そのことを口にすればさらにきゃんきゃんと騒ぎ出すのは目に見えていたので、黙っているが。

騒がしいのは苦手なのである。

そう考えるとこの剣との旅はある意味苦行であるが、先ほどの切れ味を見ればそれくらいの欠点は見逃すべきだろう。

そう思った俺は地面に置いた荷物を手に取ると、旅を再開した。

†

北西へ十数キロ歩くともうひとつの宿場町が見えてくる。

山の麓にある宿場町で、登山道の入り口でもあるようだ。

この先にある川の橋が落ちてしまって、通行ができないということだが……。

道行く人にそれを確認すると事実であると判明する。

またこの宿場町はとても混雑していた。

なんでも登山路を馬車で迂回して北の街に行けるルートがあるらしく、それを使用したい旅人や商人で溢(あふ)れかえっているらしい。

「徒歩では行けないのですか？」

尋ねてみると、町人いわく、

「とても険しい道でな。近くには人を惑わせる妖精の森もある。命が七つあるのならば一度試してもいいだろうが」

残念ながら命はひとつしかないので、大人しく乗り合い馬車を使うことにした。

町の中央にある乗り合い所に行くと、長蛇の列が。皆、考えることは同じようで……。

大人しく列に並ぶが、先ほどから進む気配がない。列の先を見ると、なにやら騒がしい。

どうやらトラブルが起きているようだ。観察してみる。

「この馬停の中に不届きな盗人がいます！　店主、お調べください」

毅然とした口調で店主に詰め寄るのは、メイド服を着た女性だった。髪を首の部分で切りそろえた人形のような雰囲気を持った女性だ。こんな山間の宿場町でメイドさんとは珍しい。普通、メイドさんはもっと大きな街にいるものだ。なにかしらの事情があるのだろうか。

観察していると彼女の横にいる人物が主であると気が付く。

フードを頭にかぶっている小柄な人物。おそらく女性だと思われるが、彼女は顔をうつむけ、事態が収束することを願っているようだ。

いかにもメイド然とした女性と、潜むようにたたずむ女性、奇妙な取り合わせだと思ったが、さらに考察する前に店主が口を開く。

「いや、お嬢さん、貴重品の管理はご自身でしてもらわないと。ここは王都の社交場ではないのですよ」

周囲から、たしかにそうだ、という笑い声が漏れる。

「あんたがそこいらに置いときなさい、って言ったんじゃない！」

怒りが収まらないメイド。

「たしかに言いましたが、貴重品まで置くとは思いませんよ。お嬢さん方、相当、育ちがいいようですね」

「っく」

鋭いところを突かれたのだろう、メイドは下唇をかみ、悔しさを滲ませる。そんなメイドの袖を軽く引き、たしなめる女主人。

「……マリー。たしかに店主の言うとおりです。わたくしたちの管理不行き届きです」

「……お嬢様」

「ここは高い授業料だと思いましょう。我々の目的は王都に戻ること。北の街に到着すれば、王都まですぐです」

「……そうですね。分かりました。ここは諦めましょう。……お嬢様にしばらくひもじい思いをさせてしまうかもしれませんが……」

「ちょうど、ダイエットをしたいと思っていたところです」

マリーというメイドに気を遣わせないためだろう、にこりと微笑む女主人。

それだけで女主人の人となりが知れたが、そんな主従に不幸が……。

調査を諦めたマリーと女主人にさらなる悲劇が襲う。

マリーがカウンターの上を確認すると、そこに置いていたはずのチケットがなくなっていたのだ。乗り合い馬車に乗るための乗車券だったのだが、それが忽然と姿を消していたのである。

「な⁉　さっきまでそこにあったのに⁉　店主、ここに置いてあったチケットは？」

「知らないよ。俺は受け取っていない」

「そんな馬鹿な。あんたの目の前に置いたのに！」

「知らんよ。確認する前にあんたが財布がないと騒ぐから」

店主もマリーも、床に落ちていないか、確認するが、床には埃が散見されるだけで、紙の類いは落ちていなかった。

「そ、そんな馬鹿な。これも盗まれたというの……？」

先ほどの店主とのやりとりで、怒りは無益だと悟ったのだろう。今度は怒色は見せず、絶望色に顔を染める。そんなメイドの肩に軽く手を添え、その心を慰める女主人。

店主は無情にも、

「チケットがないのならば、あんたらは客じゃない。帰ってくんな」

と言った。

マリーは悔しさを滲ませ、女主人は残念そうに馬停を出て行こうとする。

そんなふたりが俺の横を通り過ぎる。

そのとき女主人のフードの中がちらりと見える。

とても涼やかな顔、それに黄金色の髪がとても印象的だった。要はとても美しい娘なのだが、それよりも気になったのは、この娘をどこかで見たことがあることだった。

記憶力には自信があるが、なかなか思い出せない。

（…………魔術書を覚えるのは得意だが、コミュニケーション能力はないからなあ）

昔、妹に言われたことがある。

「リヒト兄上様は〝他人に興味がない〟から人の顔を覚えられないのです」

と。

その後、

「ご自身があまりにも美しく、賢いので、それよりも劣る他人に目が行かないのでしょう」

と続けるが、それは過大評価というものだろう。

エスターク家ではよく夜会が催されるが、ご令嬢たちに声を掛けられることなど、〝一夜に三回〟あればいいほうだった。

「……それ、滅茶苦茶多いですから」

と呆れるエレンの声が聞こえてきそうであったが、今はそのような回想をしているときではないだろう。

問題なのはあの金髪の少女がなにものか、である。

俺が知っているということは、エスターク家の夜会にやってきた貴族の令嬢のひとりだろうか。ならば思い出せないのも納得だ。夜会のたびに貴族の令嬢と踊っていたが、彼女たちに興味を抱いたことは一度もない。

彼女たちは極楽鳥のように綺麗に着飾っているが、美しいのは見た目だけ、その中身は空洞だ。空虚と虚栄心しか詰まっていない。

日々の悩みは午後のおやつの時間に食べるスイーツの種類、ピアノや語学の教師と疑似恋愛ごっこをし、それも飽きたら社交界で男を漁る。

華麗なドレスに手足が生えただけの中身のない女性などまったく興味はなかった。

――ただ、この女性はなにか違う。

確実に貴人なのだろうが、脳みそがケーキのスポンジでできているご令嬢たちとは一線を画す、気高さと知性を備えているような気がするのだ。

我が妹エレンに近い空気を感じ取ることができる。

気になった俺は彼女たちが馬停を出ていく姿を最後まで確認するが、彼女たちは店を出る際、店主と客に迷惑を掛けたことを詫びる。店の中の人間に深々と頭を下げていた。

そのおざなりではない謝罪を見たとき、俺の中でなにかが動く。

騎士道精神が芽生えた、というべきだろうか。

この不幸な女性たちを救わねば、と思ったようだ。

俺は彼女たちに「まだ諦めるのは早い」と言うと、この場に留まるように告げる。

メイドが一歩前に出たのはお嬢様を護るため、見知らぬ男を警戒してのことなのだろう。

当然の処置なので気にすることはないが、彼女たちの信頼を得るには、行動で示すしかないようだ。単刀直入に言う。

「待て、諦めるのは早すぎるぞ。このまま盗人に利して立ち去るのか？」

フードの少女は悲痛な面持ちで言う。

「我々は護民官でも法務官でもありません。ひとりひとり身体検査をするわけにはいかないのです」

「じゃあ、狙いを定めればいいのだな」

「そんなことできるの？」

マリーは胡散臭げに俺を見つめる。

「チケットのほうは紙だから感知しにくいが、金のほうは金属だから可能だ」

と言うが、それでもふたりは信じてくれない。それも致し方なかろう。今日、初めて会う間柄であるし、そもそも俺の格好は流浪の剣士、魔術師には見えない。

エスターク家で魔力を隠すために、魔術師らしさは極力、排除してある。剣の稽古を欠かさず筋肉を付け、いかにも魔術師的な野暮ったい格好なども控えるようにしていたのだ。おかげでどこからどう見ても剣士にしか見えなくなっていた。

そのことを説明しても理解して貰えないだろうし、時間もない。ここは論より証拠、とばかりに二、三、呪文を詠唱する。

ごく一般的な魔法言語であるが、聞くものが聞けばいくつか省略し、オリジナルの言語を挿入していることに気が付くかもしれない。ただ、この馬亭には魔術の素養があるものはほとんどいないようだ。気が付かれることなく、呪文を詠唱し終える。

一同の視線が俺に集まる。

俺はそれでも集中力を乱すことなく、馬亭にいる人物をひとりひとり精査する。

馬亭にいるのは一三人ほど、かなり人数が多いが後ろにいる女性は調べないでいいだろう。今、彼女たちを見つめるのは紳士的ではない。なぜならば今の俺の目には魔法陣が浮かび上がり、服を透視する力が宿っているのだ。

その力を使い馬亭の店主を見る。彼はその見た目通りふくよかというか太っていた。だらしない身体をしている。服の中に金属は隠し持っていないようだ。

次に見るのは馬亭で一番大きな男。金属の鎧を着ているが、《透視》魔法のレベルを上げると透過できる。この魔法は最大限まで効果を高めると内臓さえ透けて見えるのだ。ちなみにこの大男も白だった。鎧と剣以外の金属は所有していなかった。

同じ行為を何度か繰り返すと、ひとりの男が視界に入る。

彼は明らかに挙動不審で、人々の後ろのほうに隠れていた。それだけでも怪しいのに馬亭から逃げようとしている。

「……こいつか、分かりやすくて助かる」

ある意味、透視の魔法も不要なのだが、それでも証拠がなければ誰何することもできなかったであろう。やはり魔法というものは便利だ。そう思いながら男に声を掛ける。

「そこの赤ら顔の男、どこに行く?」

赤ら顔の男はびくりと身体を震わせるが、トイレに行くと誤魔化す。

「なるほど、出口に向かっていたからてっきり逃げ出すのかと思ったが、トイレか。思う存分垂れ流してきてほしいのだが、その前に右のポケットに入っている『金貨』の袋を返してくれないか？」

「な、なにを言っているんだ」

「いや、おまえがこの御婦人たちから盗んだ金貨を返せ、と言っているんだ」

「そんなものはない」

「偽っても無駄だ。俺は魔術の心得がある。透過と金属探知を合わせたオリジナル魔法も使えるんだ」

「そんなの嘘っぱちだ。おまえはただの剣士だろう」

「見た目はな。しかし、魔術もそれなりに使える。そうだな、証拠を見せようか。おまえの下着は花柄だな。まったく、男物で花柄って、いったい、どこで買ったんだ」

　その言葉に男は顔を青ざめさせるが、開き直ることにしたようだ。

「そ、そんなのでたらめだ！　おまえに俺を調べる権限はない！」

「たしかにそうだが、下着の柄まで当てたんだ。取り調べるくらいいいだろう」

　周囲の人々にそう言うと、彼らは「面白い」と囃し立てる。

「その男の下着が本当に花柄だったら、このあんちゃんの言っていることは本当だ」

「脱げ！　脱いじまえ！　それで無実を証明しろ！」

「もしも外れていたら、あんちゃんが裸になるってさ」

「それじゃつまらない。そこの姉ちゃんが代理でやれ」

そのような野次の言葉が飛んでくるが、赤ら顔の男はそれらに同調しなかった。

「く、くだらねえ」

と立ち去ろうとするが、それはできない。俺が肩を押さえたからだ。

「な、なんだ、暴力を振るう気か？　ご、護民官に突き出すぞ！」

「まさか、そんなことはしないよ。俺はただ、そんな間抜けな格好で歩くと町中の笑いものになるぞ、と言いたいだけだ」

「町中の笑いもの？」

その言葉で下半身の違和感に気が付いたようだ。

「ん……歩きにくい……、それになんだかすうすうするような……」

そう言って自分の下半身に視線をやると、男は、

「げえ！」

と唸（うな）った。

見れば男のズボンはずり落ちていた。ずり落ちたズボンの下からは、花柄のパンツが見

える。それを確認した聴衆は大笑いを始める。

「おいおい、見たか？　本当に花柄だったぞ」

「それにしても間抜けなやつだ、ベルトを締め忘れたらしいぞ」

笑い転げる男たち、品がないので同調しないが、彼らの言葉は間違っている。赤ら顔の男はベルトを締め忘れたのではない。ならばなぜ、ズボンがずり落ちたかと言えば、それは俺がズボンのベルトを斬り裂いたからである。

やつの肩に手を掛ける瞬間、俺は腰の神剣ではなく、短剣を抜き放っていた。まったく淀（よど）みのない動作で、最短距離でベルトを斬り裂いたのだ。まさに神速の神業であったが、この馬亭でそれを確認できたものはいないようだ。

「…………」

いや、ただひとり、メイドのマリーが俺の短剣に注視している。どうやら彼女は武芸を嗜（たしな）むようだ。意外だなと思いつつ、赤ら顔の男に注意を戻す。

「さあて、俺が透視したとおり花柄のパンツを穿（は）いていたな。あとは右ポケットの金貨袋を見せて貰おうか」

赤ら顔の男の許可なく、地面に落ちたズボンを探す。右ポケットからはずしりと重い革袋が出てくる。

「さて？　これはなにかな？　説明できるかね？」

「そ、それは俺のだ！　叔父が死んだからたまたま遺産を貰ったんだ」

「遺産ねえ」

　金貨には名前が書いていない、そんな論理で誤魔化そうとしているようだが、すでに聴衆は俺の味方だった。護民官を呼びに行ったものもいる。

　見苦しい言い訳を重ねる男に、決定打を送る。

「ちなみにこの革袋には遺産がいくらある？」

　無論、そんな問いに答えられるわけがない。

　代わりに答えたのはメイド服の少女だった。

「その金貨袋には金貨が八枚。銀貨が二四枚入っている。銀貨のうち三枚は半分に欠けているわ」

　と言い放った。

　メイドさんの記憶力が素晴らしいことを証明するため、テーブルに革袋の中身を散乱させると、その通りの枚数が出てくる。

　こうなれば男は言い逃れできない。

　うなだれるように床に座り込むと、護民官がやってくるのを待った。

こうして事件が解決すると、マリーとフードの少女が深々と頭を下げ、礼を言う。

一連のやりとりを見ていた聴衆が、「すげえ」と褒めてくれる。

そのような言葉で持ち上げられても有頂天になることはなかったので、赤ら顔の男から取り返した金貨を持ち主に返すと、俺は平然と列に並び直した。

俺の目的は探偵の真似事をすることではない。当面の目標は北の街へおもむき、そこで冒険者ギルドに入ることなのだ。トラブルが解決した今、当初の目的である乗り合い馬車のチケットを手に入れることに注力したかった。

ただ先ほどの活躍で一目置かれるようになったのだろう。列に並んでいたものは列を開け、一番に手続きをさせてくれる。馬亭の店主は開いた口が塞がらない、そんな顔で乗り合い馬車のチケットを渡してくれた。

†

乗り合い馬車のチケットを手に入れると、時間を持て余す。

乗り合い馬車がやってくるのに小一時間ほど掛かるからだ。

時間を潰したいところであるが、あいにくとこの宿場町は登山道の入り口にある小さな町。観光できるような場所はなかった。ならば大人しく広場にあるベンチに座っていよう。

そう思った俺はベンチに座るとただ時が過ぎるのを待った。

空を眺めていると綿飴（わたあめ）みたいな雲が流れてくる。子供の頃、あのような雲を見て綿飴が食べたいとだだをこねた妹の姿を思い出す。可愛（かわい）くはあるが、困った妹だったと回想していると、二人組の女性がやってきた。この町に女性の知り合いはふたりしかいないので、彼女たちが誰であるか、すぐに察しが付いた。

彼女たちは俺の前にやってくると、先ほどよりも深々と頭を下げた。

「先ほどはありがとうございました。旅のお方――」

フードの少女の優しげな声が耳に届く。途中、言葉が詰まったのは俺の名前が分からないからだろう。

「俺の名前はリヒトだ」

まず自分の名を名乗ると、即座に彼女たちも名乗り返す――ことはなかった。どうやら身を隠しながら旅を続けているようだ。特にフードの少女は今も深くフードをかぶっている。自分の姓名や身分を知られたくないようだ。

ごにょごにょとメイドのマリーと相談している。時間が掛かりそうだったので、俺が、

「偽名を使えばいいのでは？」

と提案すると、ふたりはその手があったか！　という顔をする。どうやらどちらもとて

も善良な人間のようだ。他人を偽るという思考法がないらしい。

ふたりはさらに相談すると、フードの少女は得意げに一歩前に出て、

「わたくしの名前はリアと申します」

と名乗った。

「いい名前だ」

紳士的に返答すると、次に彼女のメイドが一歩前に進んだ。

「わたしの名前はマリー。リアロ――じゃなかった。リア様にお仕えするメイドよ」

「初めましてお嬢さん方。先ほどは大変だったね」

嘘が下手なお嬢さん方に言葉を掛ける。

「そうなのです。本当に大変でした。あやうく、路銀をすべて盗まれてしまうところでした」

「あの額が路銀なのか。庶民が一年暮らせそうな額だったぞ」

「そうなのですか？」

目を丸くして驚くリア。マリーに確認を求めるが、メイドさんは世間の常識に通じているようだ。毎日お買い物をしているため、金銭には敏感なようで、

「やりくり上手ならば金貨五枚で庶民一年分の食費をまかなえます」

と言った。

世間知らずのリア様は「知らなかった」と驚愕するが、自分が世間知らずと思われたくないのだろう。「こほん」と咳払いをすると、

「無論知っていましたわ。皆さんの常識を試したのです。それに路銀は言葉の綾です。言い間違いです」

と訂正する。可愛らしい女性だな、と思ったが指摘すると長くなりそうなので本題に入る。

「お嬢さん方、お礼は先ほど受け取ったし、今もして貰った。そこまで感謝しなくてもいい。あのような状況下ならば誰でも同じ行動をする」

「そのようなことはありません。それを証拠に、先ほど、馬亭にいたものは皆、なにもしなかったではないですか。ただひとり、義をお持ちだったのがリヒト様です」

「たまたまさ」

そう言うが、彼女たちは納得してくれないというか、俺に「義」があると信じ込んでいるようだ。こんな提案をしてくる。

「わたくしとマリーは義に篤いリヒト様を見て感動しました。それと同時に天啓を覚えたのです。何卒、北の街までわたくしたちを護衛して頂けませんか？」

マリーは深々と頭を下げ、相場の三倍の謝礼金まで差し出す。

「君たちも北の街に行くのか。——まあ、ここにいるということはそうなのだろうが」

「通過点の街ですが、通過しなければいけないのです」

「俺も北の街に永住する気はないが、しばらく厄介になる予定だ。つまり、必ず通る街だ」

そう説明すると、

「いいだろう」

と続ける。

「旅は道づれ、世は情け。北の街まで護衛を引き受けよう」

その言葉にリアは笑みを漏らす。花が咲いたかのような笑顔を見せる。

なかなかに可憐だったが、マリーの表情が浮かないことに気が付く。最初、俺のことが嫌いなのかと思ったが、どうやら違うようだ。なんでもこれから乗り合い馬車で登る登山路には盗賊が出るらしい。

「……本来ならば登山路じゃなく、街道を使いたいのよね」

「その街道に架かる橋が大雨で流されているのだから仕方ない」

「……まあね」

「まあ、盗賊が出るといっても徒歩での旅でのことだろう。乗り合い馬車には護衛の傭兵もいる。何事もなく山を越えられるさ」

無論、確信も保証もなかったが、うら若き女性ふたりを怯えさせる必要はなかった。楽観論で彼女たちを安心させると、馬亭の店主の声が響き渡る。

「乗り合い馬車〜、乗り合い馬車がきたぞ〜」

耳をつんざかんばかりの声量だった。馬亭の店主には必須の能力なのだろう。まるで歌劇の歌手のようだと思った。

俺たちはそのまま乗り合い馬車に向かう。

乗り合い馬車は三台あった。それぞれが一〇人くらい乗れるように作られている。傭兵を雇って警護させる都合上、一挙に人を運ばなければならないのだろう。事実、乗り合い馬車の前には三〇人以上の客が並んでいた。

俺とリアとマリーは同じ馬車に乗り込む。彼女たちを他の男と触れないように奥に乗せ、俺がその横に陣取る。何気ない配慮だったが、マリーはそれに気が付いてくれたらしく。

「さすがはリア様が見込んだ戦士ね。紳士的な配慮だわ」

と小声で言った。

気にするな、と言うこともなく、そのまま馬車に揺られる。

†

乗り合い馬車に揺られること一時間。馬車の旅はとても退屈——ではなかった。俺は一応、貴族の子息、それなりの生活を送っていた。だからこのような乗り合い馬車など乗ったことがないのだ。

次兄のマークスなどは乗り合い馬車を家畜の乗り物と蔑んでいたが、見知らぬものと馬車に揺られるのは悪いことではない。

南方からやってきた商人は、南方の珍しい話をしてくれる。なんでも南方には砂漠エルフと呼ばれる種族が住んでおり、エルフなのに肌が浅黒いのだそうな。ダークエルフともまた違った感じで、褐色のエルフはとても美しい、という話を聞く。

また巡礼の旅をする老婦人などは蜜柑（みかん）を分けてくれた。

東方から伝わった椅子蜜柑（ソファー・オレンジ）は小分けにできる上に、甘くてとても美味（うま）い。しかもこれは冷凍してあるらしく、蒸し暑い馬車内ではぴったりの食べ物だった。

リアなどは初めて食べたらしく、

「このように美味（おい）しいもの、食べたことがありません！」

と目を丸くしていた。

マリーも同様に、「ほっぺが落ちそう」と恍惚の表情を浮かべている。

「死んだおばあちゃんに食べさせたいけど、歯槽膿漏だったのよね……」

と続ける。

面白い主従であるが、老婦人も同じような感想を抱いたらしく、にこやかに質問をしてくる。

「あなた方はどういう関係？　失礼だけど、メイドを連れて歩くような身分には見えないけど」

たしかに俺はどこからどう見ても旅の剣士、メイドとは無縁の職業だ。

一方、マリーの主、リアもフードをかぶっているので貴人らしさは感じられなかった。

貴族の令嬢にも商人の娘にも見えない。無論、話し込めば別なのだが、この短い会話では彼女の気品は感じ取れないようだ。

「…………」

ふたりは困っているようなので、俺が嘘をつく。

「俺がこのふたりを北の街まで連れていくんです。北の街には働き口がいっぱいありますから」

「あらまあ、そうなのね。このフードの子もメイドさんになるの？」

「そうです。とある商家のメイドとなります。マリーは元々、南の街でメイドをしていたのですが、転職です。リアはその従姉妹(いとこ)で、いい機会だから一緒に奉公しようということになったのです」

「まあ、なるほど、若いのに偉いわねえ」

のんびりとした口調で納得する老婦人。

「…………」

「…………」

リアたちは目を丸くしている。

老婦人との会話が終わると、リアが話し掛けてくる。

「リヒト様、すごいです。あの一瞬であのような説得力ある話を作り上げるなんて」

「でっちあげさ」

「それでも素晴らしいです。リヒト様は作家になる才能があるんじゃないですか？」

「作家の仕事はほらを吹くことだからなあ。案外合っているかも」

俺は幼き頃より、自分を偽ってきた。才能を隠して生きてきたのだ。作家は才能を誇示する職業だが、嘘をつく職業でもある。エスターク家の呪縛から解放された俺にはぴったりかもしれない。

北の街に着いて、住居が定まったら、原稿用紙を買ってみるか、そう口の中でつぶやくと、異変に気が付く。なにか前方から物音が聞こえたのだ。

この馬車は連なって走っている三台の後方にあったが、前二台が止まってしまったようだ。なんでも先頭の馬車が脱輪してしまったらしい。

脱輪してしまった馬車を持ち上げるための男手が欲しいという。

そう言われてしまえば行かざるを得ないが、今の俺はリアの護衛。彼女の許可が必要だった。

リアはわずかにうなずくと。

「行ってくださいまし」

と言う。

馬車が動かなければ北の街には行けない。そうなれば目的を達成できないのである。

それは俺も同じだったので、脱輪した馬車に向かうと、すでに男が何人かいた。

力を合わせて馬車を持ち上げている。その間に脱輪した車輪を付けようとしているが、なかなかはまらない。

俺は車輪をはめる作業を手伝うが、そのときに違和感を覚える。

車輪の接合部分が変なのだ。

（……これは）

俺は貴族の息子であるが、多少、機械に詳しい。落とし子であったので召使いがするような仕事を押しつけられていたからだ。俺自身、それらの仕事は嫌いではなく、趣味の一環として、召使いたちとよく一緒に汗を流していた。馬車の手入れもよく行っていた。そのときに馬車の構造を覚えたのだが、通常、馬車の車輪はこのようには壊れない。

（……まるでなにものかがわざと外したかのような壊れ方だな）

要は損傷ではなく、単純に車輪を外して壊れかけたように見せているように見える。

その推察は正しいだろうが、問題なのはなぜ、そのようなことをしたか、だ。馬車が壊れて困るのは馬亭の店主だろうに。

そんな感想を抱きながら、車輪を直す。

馬車の車体を持ち上げるものの数が足りなかったので、ジャッキ代わりに地中から氷の柱を出現させる。その迅速さ、魔法の応用力に周囲の人間が驚嘆するが、俺に言わせれば魔術師ならばこれくらい思いついて当然だった。

護衛の傭兵や乗り合わせた男衆たちは、

「すげえ！」

と褒め称えてくれた。

「貴族のボンボンには思いつかない手法だ」

と感心してくれる。

ただ、同行している魔術師が「わしもこれくらい思いついたわい！」と噛み付いてきたので、そのことは口にしないが。護衛の魔術師のプライドを安易に傷つける必要性はない。

その後、氷のジャッキを使って馬車を修理しようとするが、車輪をはめるのに時間が掛かるという。その間、後続の馬車だけでも先に行く、という話になった。

急いでいるものはその馬車に乗り込むように指示が出るが、俺はリアとマリーに視線を送る。

彼女たちに命運を託したのだ。

おそらくであるが、この事故は故意に起こされたもの。

そしてその目的は馬車の分断にあると見ていいだろう。

男手に馬車を修理させている間に、女が多く乗った馬車を隔離させる、といったところか。

その間に不埒なことを実行しようとしている輩がいるのだ。

そのものはおおよそ、判明しているが、問題なのは雇い主であるリアの意向だ。

彼女たちがあえて火中の栗を拾うというのならば、それに付き従うまで。

一連の事故から悪意を洞察できず、単純に行動するのならばそれも悪くない。

どちらにしろ。俺は彼女たちと行動を共にするしかないし、ある程度なら不利な状況でもそれを覆す自信があった。

そんなふうに思いながらリアを観察する。

さて、彼女はこの馬車を見て策謀に気が付いているのだろうか。

いいところのお嬢様で悪意に無頓着に見えるが。

そのように思っていると、リアはこくりとうなずく。その瞳は真剣なものだった。

どうやら彼女は一連の事故ではなく、俺の瞳から事態を把握したようだ。

ただならぬ雰囲気を読み取って、危険を察知したのだろう。

さらに付け加えれば、リアの懐刀とも言えるメイドさんの表情も剣呑なものになっていた。

おそらくであるが、彼女たちは俺と出会う前から危険な目に何度も遭ってきたのだろう。

肌で危機を直感できるほど荒事になれているのかもしれない。

うら若き乙女たちには難儀なことであるが、それが彼女たちを〝生かして〟きたのだと思うとむしろ感謝すべきことなのかもしれない。

そんなことを思いながら、リアとマリー、ふたりの乗った馬車に乗り込む。

馬車の駆者は、

「男手は残って欲しいのだが」

と言うが、

「ジャッキは二晩は溶けない」

と威圧を込めて返すと黙った。

おそらくであるが、俺ひとり、馬車に乗り込んだところで、「作戦」に支障はきたさないと判断したのだろう。それは大いなる誤解なのだが、誤解させたままのほうが好都合なので、俺は黙ったままリアの横に座った。

†

女だらけの馬車が進む。

白粉と香水の匂いが充満し、気分が悪くなるが、気にしない。

このような匂いはエスターク城の夜会で嗅ぎ慣れた。

貴族のご令嬢には〝ひとり〟でこの場にいる誰よりも香水をつけまくるものもいるのだ。

これくらいで不平を漏らす必要性はない。

そんなことよりも襲撃者がいつやってくるか、それについて考察したほうがいいだろう。

先ほどの脱輪事故はおそらく、仕組まれたもの。

敵の狙いは男と女を分断させること。そして女をさらうのを目的としているはず。

さらう女はすべてが対象だろうか？　メイドのマリーとその主を見る。

マリーだけでも変態貴族が高値で買ってくれそうだが、フードをかぶっている主はもっと高価に違いない。女性としての価値もだが、身分としても尊そうであった。

となるとこのふたりをさらうためだけに仕組まれた罠(わな)なのだろう、という結論に至るが、それは計画者とその協力者をなめていた。彼らは俺が思うよりも遥(はる)かに強欲のようだ。

急に馬車が止まる。馭者が降りると、彼は懐から短剣を取り出し、馬車の幌(ほろ)を開けた。

お決まりの文句を言う。

「おまえら！　死にたくなかったら言うとおりにしろ！」

悪党の語彙は少ない。オリジナリティも皆無だ。次兄のマークスを思い出す。

言うことを聞くつもりはないが、様子を見るため、沈黙していると、馬を走らせてくる一団に気が付く。どうやら盗賊とこの馬車のオーナーのようだ。

馬亭で受付をしていた店主は、揉(も)み手(で)で盗賊の頭目に媚(こ)びを売っていた。

「頭、いつも通りに御願いします」

「分かっている。高く売れそうな女には手を出さないんだろ」

「へい、そうです。あと、メイドの女とフードをかぶった女には絶対手を出さないでください」

「女を指定してくるとは珍しいな」

「今回の襲撃にはスポンサーがおりまして……」

意味ありげに微笑む店主。盗賊頭は「まあいい。金と女さえ手に入れば」と言った。

次いで部下に指示を出す。

「護衛はほとんどいない！　男共を殺したら、あとはお楽しみの時間だ！」

武器を掲げ、歓声を上げる盗賊たち。

その下卑た表情は視界にさえ収めたくなかったが、そうはいかなかった。

盗賊のひとりが護衛の戦士を斬り殺し、馬車に乗っていた男を羽交い締め、その喉を斬り裂く。鮮血が飛び散る。

「ひゃっはー！　これだから盗賊稼業は辞められないぜ！」

恍惚の表情で叫ぶ盗賊。

彼らとて元は食い詰めた農民だろうに……。同じ元農民にこうも残酷になれる理由が分からない。おそらく、すさんだ日々が彼らから人間性を奪っていったのだろうが。

「――畜生にも劣る外道め」

俺はそうつぶやくと、神剣を抜いた。

いつもは軽口ばかり言う神剣も妙に真面目なのは、あいつらに怒りを覚えている証拠だろう。

『リヒト！　あいつらは生きていちゃいけない連中だ。容赦なくやるよ！』

「やる気があるのはいいが、あまり切れ味をよくしないでくれよ」

『どういう意味？』

「すぱっと斬ってしまったらつまらない。できればなまくらな切れ味で苦しみながらあの世に行かせてやりたい」

ひゅ～と口笛を吹く神剣。

『君だけは敵に回したくないね。天賦の剣の才に冷酷無比な心も併せ持っているのだから』

「本当は誰とも敵対したくないよ」

本音を漏らすと襲いかかってくる盗賊を一刀のもとに斬り伏せる。

右腕を切り落とし、地面でうめき回る盗賊。

その鼻っ柱に蹴りを入れるとその低い鼻を砕く。

「うぎゃあ」という疣猪（イボイノシシ）の断末魔のような叫びが不快だったので次の盗賊に斬り掛かる。

鎖鎌使いの盗賊は鎌を振り回す。

鎖鎌使いとは珍しい。しばし妙技を観察したかったが、盗賊ごときの腕前では参考にする箇所もないだろう。さっさと斬り殺す。

投げてきた鎖をひょいと避（よ）けると、そのまま腹を突き刺した。

重要な臓器を避けたので苦しみながら死ぬことだろう。

どす黒い血をまき散らす部下たちを見て、盗賊頭の顔は真っ赤に染まる。

「貴様ー！　よくも俺の可愛（かわい）い子分を」

怒髪天の盗賊頭に言う。

「その慈悲、今まで殺してきた人々にも与えるべきだったな」

「五月蠅（うるさ）い！　俺は好きなように生きて好きなように死ぬ。やがて討伐軍が都からやってくるだろうが、それまで思うがままに生きるんだよ」

「残念ながら討伐軍はこない。おまえはここで俺に殺されるからな」

「黙れ、小僧！」

斧（おの）を振りかぶる盗賊頭。やつの身体（からだ）は筋骨隆々だったので、斧の一撃を受けるような真（ま）

似はせず、突進してくる頭の足を引っ掛ける。

道化師のように間抜けに転がる盗賊頭、顔をさらに真っ赤にするが、少し冷静になって貰うため、魔法を使う。草木に魔法を掛けると、盗賊頭の足下から樹木が伸び、彼の身体を拘束する。

「な、なんだ、こりゃあ⁉」

「《束縛》の魔法の一種だよ。しばらく動けないはずだ」

「こ、この卑怯者め」

「最高の褒め言葉だな」

盗賊の頭目に背を向け、くるりと馬亭の店主のほうへ振り向く。

「わ、私は関係ないんです。あいつらに脅されただけで……」

「嘘をつけ」

「ほ、ほんとですよ」

先ほど盗賊頭に売っていたような媚びを見せる。

「おまえが俺たちを売ることは見越していた。リアたちのチケットを隠したのはおまえだな」

「……………」

「そしておそらく、赤ら顔の男に金貨をすらせたのもおまえだ。路銀もチケットもなくした彼女たちに近づいて、言葉巧みに騙すつもりだったんだろう。それを俺が妨害してしまったので、〝いつものように〟盗賊を使った。違うか？」

俺の推理を聞いた店主は、商人の笑顔を放棄し、冷徹怜悧な悪魔の顔になる。こちらのほうが彼の本質なのだろう。

「そこまでばれていちゃ言い訳もできないな。ああ、そうだよ。俺は〝とある方〟に頼まれて、その小娘たちを誘拐しようとしているんだよ」

その言葉を聞いたリアは身をすくめ、マリーは懐から取り出した短剣を握り締める。

「その娘たちを引き渡せば金貨を三〇〇枚も貰えるんだ。小細工などいくらでも弄する」

「なるほど、その口調だと依頼主も、依頼主の思惑も知らなそうだな」

「まあな、俺が知りたいのは報酬の額だけだ」

「なるほど――、じゃあ、死ね」

そう言うと俺は颯爽と身をひるがえした。神剣ティルフィングを使う必要性もない。

〝後方から〟飛んできた斧を避けるだけで、悪徳馬亭の店主は死ぬ。

見れば呪縛の樹木を自力で破壊した盗賊頭が斧を投げていた。

回転しながら高速で飛んでくる斧を避けたわけであるが、避けた斧は俺の直線上にある馬亭の店主に向かっていったというわけだ。

無論、武芸の嗜みがゼロの店主が高速の投擲斧を避けられるわけもなく、見事に頭に刺さる。いや、馬鹿力の盗賊頭の一撃は、見事に店主の頭を砕き、破裂させる。

「汚い石榴だ」

薄汚い策謀を弄するものは脳漿まで汚いらしい、という感想を漏らすと、俺は振り向き、盗賊頭に剣を向けた。

「次はおまえだ。呪縛の魔法から抜け出すくらいだから、それなりに楽しませてくれるよな？」

その問いに盗賊頭は不敵に微笑む。

「ゴキブリみたいに素早いみたいだが、もう小細工は効かないぜ」

盗賊頭はそう言うと部下から二本、斧を受け取る。

どうやらこいつは元々二刀流のようだ。

いや、多斧流か。盗賊がひとり、大量の斧を持って控えている。無数の斧を投擲しながら戦う戦法のようである。

面白い、城で様々な流派を学んだが、このように形に囚われない武術を実際に目の当たりにすることは皆無だった。貴族では絶対に思いつかない戦法なのだ。剣士として血を疼かせながら、盗賊頭に向かって距離を詰めた。

†

盗賊頭が斧を投げる。まずは右手の斧が飛んでくる。

力任せに投げた斧は、木の枝や葉を斬り裂きながら飛んでくる。もしもその一撃を喰らえば即死できるだろうが、今はまだ死ぬべきときではない。

紙一重で避けると左手の斧に注視した。先ほどの斧とは形が違うからだ。

「妙に湾曲している。――なにかある」

そう思った俺は紙一重ではなく、意識を集中しながら避ける。すると斧は弧を描き、戻ってくる。

「なるほど、ブーメランの要領か」

仕掛けが分かれば単純だ。あれを喰らうことはないだろう。そう思いながら左からやってきた盗賊に《火球》を浴びせる。

左の手のひらから速攻で飛び出した火球、盗賊はあっという間に火だるまとなる。

「な！　こいつ、無詠唱で魔法を使えるのか⁉」

驚く盗賊頭。

この世界では魔法は普遍的に存在するが、無詠唱で魔法を唱えられるものは限られる。エスターク家に連なるものでも無詠唱魔法を使えるのは父上くらいであった。魔法の天才児と呼ばれた妹ですら、一章節は口ずさまないと魔法を使えないのだ。

盗賊が驚くのも無理はないが、俺がなぜ、無詠唱で魔法を使えるかの説明をしてやる義理はないだろう。それに教えたとしてもやつの寿命は短い。数分以内に死を迎えるのだ。

部下から斧をもらいながら間断なく投擲してくる盗賊頭。その一撃は強力で、容易に近づくことはできない。しかし、俺は猪武者(いのししむしゃ)ではないので安直に突撃したりしなかった。

いくら部下が大量の斧を持っているとはいえ、持てる数には限界がある。いつか数が尽きるのだ。そこを狙えばやつの力は半減するはずだった。

盗賊頭は無能にも斧を投げ続けるが、予想通り切れる。しかも部下に斧がないことをなじると、最後の斧で部下の脳天を斬り裂く。

――やはりこの男に慈悲は不要のようだ。

そう思った俺は直進し、やつの懐(ふところ)に潜り込む。

それを見てにやりと微笑む盗賊頭。接近戦ならば自分に一日の長があると思い込んでいるのだろう。それは大いなる幻想なのだが、それを言葉にはせず、形で示す。

薪でも割るような挙動で俺の脳天を割ろうとする盗賊頭。その速度は素早く、通常の戦士では避けることはできないだろう。いや、俺も実はできなかった。やつの斧が俺の脳天を割る。しかし、鮮血も脳漿も飛び散らなかった。

「!?」

やつもなんの手応えもないことを訝しがっていた。

なにかがおかしい、足りない脳みそでそう思ったようだが、それがやつの最後の思考となった。

「残像だ」

やつに向かってそう語りかけると、上方から降り立つ俺、そのままやつの脳天に剣を突き刺す。

痛い、と思う前に死んだことだろうが、醜く歪むやつの顔を見てぽつりと漏らす。

「……悪党も赤い血を流すのはどうしてだろうか」

悪魔のように盗賊たちを殺したからだろうか、盗賊頭の部下たちは蜘蛛の子を散らすように逃げていく。

ただ、ひとりだけ逃げ遅れたものがいる。

年端もいかない少年だ。どうやら盗賊になったばかりの少年のようだった。彼は子鹿のように足を震わせている。

「殺さないで……」

と涙ぐんでいた。

勿論、俺はその少年を殺す――、ことはなかった。

剣を突きつけるとこう諭した。

「食い詰めて盗賊になったんだろうが、盗賊とはこういう世界だ。今日、誰かを殺し、糧を得るかもしれないが、明日、誰かに斬られるかもしれない」

少年はこくこくとうなずく。剣を納めると最後にこう言い聞かせる。

「故郷に帰るんだな。おまえにも家族はいるだろう」

少年は振り返ると、這いずるように逃げ出した。腰を抜かしているようだ。

その姿は哀れであった。郷里へ帰れと言ったが、きっとそこでも辛い思いをしたはずである。そんな中、常識論で諭されても響くものはないかもしれない。

しかしそれでも――、

「……盗賊を討伐するよりも、盗賊がいない世界を作ったほうが早い」

俺はそう思っていた。

農民が食い詰めない世界。

略奪する必要がない豊かな世界。

他人を思いやれる世界。

そういった世界を作れば盗賊などいなくなるのだ。

少なくとも盗賊を皆殺しにするよりはいい、そう思っているのだが、そのようなこと、誰も理解してくれないだろうな、と思っていたが、それは違った。

この世界にはとても感受性豊かな人間もいるようで。

見ればフードをかぶった少女が涙を流していた。

最初、悪魔のように盗賊を斬り殺す俺を見て、恐怖のあまり泣いているのかと思ったが、違うようだ。彼女は戦闘が終わると、俺の側(そば)までやってきて、俺の心臓に触れた。

「……可哀想(かわいそう)なリヒト様」

「……どういう意味だ？」

「そのままの意味です。本当は誰よりも平和と平穏を愛するのに、その才能がそれを許さない」

「…………」

「リヒト様は盗賊を容赦なく斬り捨てましたが、それは殺生を最小限に抑えるため、悪魔のような所業を見せ、盗賊たちの戦意を挫くため、だから必要以上に残虐に殺した」

「……そうだ。悪魔の落とし子だよ、俺は」

「いいえ、違います」

リアは即座に首を横に振る。

「悪魔ならば泣きながら剣を振るうことはありません。慈悲に満ちながら剣を振るうことはないのです」

「俺は泣いてなどいない」

俺は泣かない。母親の葬式の日に誓ったのだ。もう絶対に泣かない。他人に弱いところを見せない、と。だから己の手で触れることはなくても泣いていないと断言することができた。

ただ、そんな俺にリアは不意打ちを仕掛ける。

彼女は優しく微笑むと、己の瞳から涙をこぼしながら言った。

「いいえ、あなたは泣いています」

俺の心臓に触れながらこう言った。

「ここが泣いています。〝心〟が泣いています。私には分かるのです」

その言葉で、昔の記憶が蘇る。

母親の記憶だ。

エスターク家の正妻や侍女に虐められていた母親。落とし子である俺もよく虐められていたが、母親は俺に気を強く持つように諭した。ただ、ふたりきりになったとき、どうしても耐えられなくなったときは母の胸で泣きなさい、と俺を抱きしめてくれた。

「――あなたに過酷な運命を与えてしまってごめんなさい。あなたはそれに耐え、誰よりも強く育っているわ。でもね、たまには泣いてもいいのよ。ううん、泣きなさい。子供は泣くものなのだから」

優しい抱擁をしてくれた。

リアの言葉は、リアの笑顔は、あのときの母親にそっくりだった。

俺はもしかしたら、かつて失ったものと再会できたのかもしれない。

そう思いながら、美しい少女の瞳を見つめた。

†

盗賊に殺されたものたち、盗賊たちの墓を作ると、そこに死体を埋葬する。

馬車に乗っていた女たちは皆、手伝ってくれた。

数時間掛けて埋葬を終えると、先ほど脱輪した馬車たちがやってくる。乗っていた馭者(ぎょしゃ)を捕縛すると、北の街で突き出すことにする。

そのまま馬車に揺られることまる二日。険しい山道を越える。

途中、旅人を惑わせる妖精がいるという森に差し掛かったが、たしかに人を惑わせそうなほど鬱蒼(うっそう)と木々が生い茂っていた。

まあ、立ち寄らないのでどうでもいいが。

二日目の午後になると山道を抜け、平地に出る。あとは北の街まですぐである。実際、すぐに北の街が見えてくる。

「あれほど山道を迂回(うかい)したのが馬鹿らしいわね」

とはメイドのマリーの言葉だが、それには同意だ。リアも同じ意見らしい。

「地図上で見ればほんの少しの距離でしたが、ぐるっと迂回せねばなりませんでしたしね」

「次、南に行くまでには橋が直ってるといいけど」

たしかにその通りだ。このような道を毎回使わされてはたまったものではない。

「毎回、脱輪して盗賊に襲われたら困るものね」

マリーはけらけらと笑う。危機が去ったからだろうか、彼女は陽気に笑う。馬車に乗っていたときは張り詰めた表情をしていたが、本来は明るいタイプのようだ。危機が去り、街に近づいたことで安堵(あんど)しているように見える。そんな彼女に質問をする。

「ところで山で俺たちを襲ってきた連中はなにものなんだ？」

「山賊です」

「馬亭の店主は『とある方』と言っていたが。裏に蠢(うごめ)くものがいるんじゃないか？」

その質問をした途端、マリーは陽気な表情を改める。あるいはむすっとしていると言い換えてもいいだろう。彼女は忌憚(きたん)のない口調で言う。

「リヒト、あなたは我々の恩人だけど、それでも打ち明けられないことがあるわ」

「君たちを付け狙う黒幕と、スリーサイズかな」

皮肉気味に言うと彼女もそれ相応の返答をする。

「わたしことマリーのスリーサイズは上から、88、58、84よ」

明らかに盛っているが、調べるすべはないので無視をすると、リアが頬を赤らめていることに気が付く。もじもじしている彼女に諭すように言う。

「今のは俺とマリーとの間の冗談だ。真に受けないでくれよ」

「そ、そうなのですか⁉」

ほっとするリア。どうやらというか、明瞭というか、彼女は真面目すぎる性格をしているようだ。言動に気を付けねばいけないかもしれない。

俺は改めて生真面目な性格のお嬢様を見つめる。

「もともと、メイドさんのほうには期待していない。しかし、正直者のリアならば答えてくれそうだ。詳細を教えてくれないか」

「そのような物言いはずるい！」

マリーは俺を非難するが、リアはいいのです、と制する。

「もともと、お話しするつもりでした。我々を窮地から救ってくれたときから。──いえ、護衛を引き受けてくれたあの瞬間からわたくしはリヒト様を全面的に信頼しております」

「ちょろすぎるぞ。人を疑うことを覚えろ」

「誰かを疑って生きながらえるよりも、誰かを信じて死にとうございます」

「墓碑銘にそう書かれないことを祈るよ」

その冗談には笑って応えてくれるリア。すべての冗談が通じなくはないようだ。

「それではお話ししましょう。リヒト様、わたくしはこの国の王女でございます。名をアリアローゼ・フォン・ラトクルスと申します」

彼女はフードを取ると、素顔を晒す。

黄金色の髪とガラス細工のような肌を持った少女がそこにいた。

「……驚かないのですね」

「まあ、大方予想はついていた。君は必死に隠そうとしていたが、生まれ持った気品は隠せない」

　それに——と俺は続ける。

「時折、フードからちらりと見える横顔、どこかで見た覚えがあった。おそらくだが、どこかの夜会で会ったはず」

「さすがはリヒト様です。わたくしは一度、エスターク城の夜会に出席したことがあります」

「やはりか。踊っていればさすがに忘れなかっただろうが」

「はい。リヒト様はご婦人方に人気でしたので踊る機会を得られませんでした」

「機会があっても踊らなかっただろうな。俺は目立つのが嫌いだ。一国のお姫様と踊るくらいならば、猫と踊るよ」

「猫は可愛らしいから、そちらのほうが目立ってしまうかもしれませんね」

　うふふ、と微笑むが、その笑みは本当に可愛らしい。金色の巻き髪も相まって、綿飴のような印象を受けた。

「そのとき、知己を得られなかったのは本当に残念です。もしももっと早く知り合っていれば、わたくしもマリーも楽をできたでしょうに」

「その物言いだともしかして〝引き続き〟護衛を所望されるのかな？」

「リヒト様がご迷惑でなければ是非に」

「迷惑ではない。――しかし、北の街でサヨナラだ」

「どうしてですか？」

「リヒト・エスタークのモットーは〝堅実謙虚〟なんだよ、王女様の護衛など目立ってかなわない」

「まるでどこかのご令嬢のような標語ですね。でも、大丈夫です。わたくしは第三王女ですから」

「第一〇八王女でも同じだ」

「父上がもっとお盛んでしたら第一〇九王女になれたかもしれません」

……一〇九だろうが、二五六だろうが、同じなのだが。天然なのか、あえてそうしているのか、不明であるが、ともかく、彼女の護衛になるつもりはなかった。

「俺の任務は君を北の街に連れて行くこと、それもあと三〇分もあれば終わる」

見れば北の街の入り口が見えてきた。

その前に彼女に〝とある人物〟、今回の件の黒幕を聞き出そうとするが、それはメイドのマリーに遮られた。

「これ以上は関係ない人には話せない」

リア、いや、アリアローゼ王女はメイドのマリーをたしなめるが、彼女の表情が断固としたものだったので、それ以上、なにも言わなかった。

「……たしかに真相を話してしまえばリヒト様を巻き込んでしまうかもしれません。それはわたくしの本意ではない」

口の中でそうつぶやくと、ふたりは別れの挨拶をする。

先日、俺が取り戻した金貨の詰まった革袋を惜しげもなくくれる。

「これは少ないですが、今回の報酬です」

「多すぎる」

「アリアローゼ様の命は黄金などでは計れないのよ」

そのような物言いをされれば受け取らざるを得ない。

また金はいくらあっても困るものではないので、しかと受け取る。

「分かった。正当な報酬として頂く」

「嬉（うれ）しいですわ」

微笑むアリアローゼ。

「リヒト様はしばらく北の街に滞在するのですか？」

「ああ、冒険者ギルドに登録しようと思っている」

「それならば……」

アリアローゼはそう言うとマリーに筆記用具を用意させる。

近くにあった切り株にそれらを置くと用紙に文字を書き入れる。

とても達筆で繊細な字だった。

さすがは王族、と思っているとあっという間に書き終える。

「冒険者ギルドにこれを持っていってください。わたくしの紹介状です」

「有り難い。一国の王女の紹介状があれば門前払いは有り得ない」

「そのような大層なものではありませんが、きっと役立ちます」

にこりと微笑む。頼み事を断られたあとにこのように微笑み、紹介状まで書いてくれる人間はそうはいない。彼女の人間性が滲み出ている笑顔だった。

俺は彼女に感謝しながら背を向けた。

一抹の寂寥感を覚えたが、仕方ないことだ。

俺は今日からリヒト・エスタークではなく、〝冒険者〟リヒトとして生きていかねばならないのだから――。

リヒトの背を見送るアリアローゼとマリー。

アリアローゼはリヒトが視界から消えると、「とても気持ちのいい御仁でしたね」と首肯を求める。

「そうですね。一見、やれやれ系に見えなくもないけど、本当はとても心の優しい慈悲深い方に見えます」

「彼のように正義感に篤い無双の戦士が護衛を引き受けてくれれば、マリーの負担は軽減されるのでしょうが……」

自分を気遣ってくれる主に、メイドはほんのりと感動する。主を抱きしめ、頬をすり寄せたい衝動を抑えながら、マリーは力こぶを作る。

「なんの、このマリーをなめないでください。今までアリアローゼ様を護ってきたのはこのマリーですよ」

「マリーの秘技には今まで何度も助けて貰いました」

「幼い頃から鍛錬を積み重ねてきた甲斐があります」

実はマリーはただのメイドさんではなく、特別な武術を継承しているメイドさんなのだ。

先ほどはそれを発揮する機会はなかったが、これから先もその力に頼る機会は多いだろう。それを予感していたマリーはにこりと微笑み、

「ともかく、お任せください。これまでもこれからも、マリーはアリアローゼ様の盾であり剣なのです」

事実なのでアリアローゼはそれ以上、愚痴を零すことはなかった。

「さて、名残惜しんでいても仕方ありません。我らは目的あってこの北の街にやってきたのです。目的、いえ、使命を果たしましょう」

「ですね」

マリーはにこやかにうなずくが、実は完全には了承していなかった。

主の言葉が正しいと思っていたからだ。

（……リヒト・エスターク。あのものはただものではない。もしかしたらアリアローゼ様の窮地を救う救世の騎士なのかもしれない）

マリーは先日の襲撃を思い出す。リヒトと会う直前も刺客に襲われたのだ。そのときはからくも窮地を脱出したが、次も切り抜けられるとは限らない。

マリーは大切なおひいさまをじっと見つめる。

――なんとかしないと、心の中でそう続けると、彼が滞在するであろう宿の目星を付け

始めた。

†

アリアローゼたちと別れた俺は北の街の大通りへ向かった。

そこで宿を探す。

最初は安宿を探そうとしたが、アリアローゼに大金を貰ったことを思い出す。

ずしりと重い革袋、もしかして彼女たちの路銀がすべて入っているのではないだろうか。

余計な心配をしてしまうが、彼女は王族だ。大きな街に来れば資金調達くらいできるのだろう。

そう思った俺は安宿ではなく、それなりの宿を探す。

「新しい住まいが決まるまでの仮宿だ。木賃宿でもいいのだが、あまりにも安いと蚤（のみ）が出るらしいしな」

エスターク家の使用人が使いで泊まった宿で蚤とシラミをもらってきて騒動になったことを思い出す。

幸いと手元には十分すぎる資金がある。体力を温存するという意味でも上質の宿に泊まるべきだった。

というわけで大通りの目立つ場所にある、

「輝ける緑葉樹亭」

という名の宿に目をつける。

三階建の石造りの宿。三〇人は泊まれるだろうか。大きな造りをしている。

どうやら貴族の定宿にも指定されるような格式ある宿屋らしい。

一応、庶民でも泊まれるか尋ねてみるが、地獄の沙汰もなんとやら、金さえ払えば泊まれるらしい。どしっと金貨の袋をカウンターに置くと、受け付けの男は商人の笑顔と揉み手を見せる。どうやら俺の格好は貧相に見えるようだ。

「まあ、仕方ない。本当に貴族ではないし、目立つのも嫌だからな」

そう結論づけると、宿帳に名前を記帳した。

リヒト――。

フォンどころかエスタークの名も省いたのが今の俺の心境であり、状況でもあった。もはやエスターク家になんの未練もなかった。

宿屋の下男に部屋に案内されると、足を洗う湯桶（ゆおけ）を出される。安宿にはないサービスだ。

この宿には個室にシャワーが設置されているのが自慢だという。あとでさっそく浴びさせてもらうが、その前に冒険者ギルドの場所を聞く。

ギルドは思ったよりも近い場所にあったが、すでに受け付けは終了しているらしい。

明日、朝一番で行くことにしよう。

そう思った俺は宿の夕食を食べると、そのままベッドに入った。

心地よいマットレスと羽毛の布団（ふとん）は馬車の旅で疲れた身体（からだ）を癒やしてくれた。

輝ける緑葉樹亭のベッドで安眠する。すやすやと寝息を立てる。

そんな俺に這（は）い寄る怪しげな影。

俺は深い眠りにつくことはない。

幼い頃、暗殺者に襲われた経験がそうさせるのだが、その習慣が役に立った。

俺はベッドサイドに近づき、怪しげな行動をしているものの手首を摑（つか）む。

そのままベッドに押し倒すと、身体の自由を奪った。

「《着火》」

と簡易魔法を唱えると、ベッドサイドに置かれたランプが灯る。

最初、俺の部屋に忍び込んだのは、旅人の財布を狙うこそ泥かと思ったが違った。

なんと俺のベッドサイドにやってきたのは、先ほど別れたメイドだったのだ。

意外な人物の来訪に驚いた俺は、マリーを解放すると、彼女は乱れた服を整える。

「……すまない。泥棒かと思ったんだ」

「気にしなくていいわよ。忍び込んだのは事実だから」

「こんな夜更けになんの用だ？」

「ものを盗みにきたんじゃない。逆に与えにきたの」

「金貨ならば先ほど貰ったが」

「マリーが与えたいのは、マリーの処女」

「…………」

思わぬ言葉にむせそうになってしまうが、彼女は本気のようだ。

メイド服を脱ぎ始める。美しい肢体が目に飛び込んでくる。

「待て！　なにをする」

「脱がねば交わえないじゃない」

「交わうって……」

やけに生々しい言葉にどきりとしてしまうが、ここで反応を示したら彼女の思うつぼだろう。冷静に彼女の真意を問う。

「君は娼婦だったのか？」

「まさか、女を売る女は軽蔑する」

「ならばどうしてそんなことを」

「あなたがほしいからに決まっている」

「俺がほしい？」

「そうよ。あなたはお金では雇えそうにないから、こうするしかないの」

色仕掛けが通じると思われるのも心外だが、そう反論しようとしたとき、彼女の肩が震え、その瞳に涙が溜まっていることに気が付く。

「すべてはアリアローゼのためなんだね」

「…………うん」

「君はアリアローゼを護るためにこのような愚挙に出た」

「…………」

……うん。

彼女の肢体を観察する。透き通るような白い肌。女性らしい凹凸もあったが、それ以上に傷があることに気が付く。刀傷などが目立つのだ。

おそらく、彼女はその身体で、長年、主であるアリアローゼを護ってきたのだ。武力や知力を駆使し、主を護ってきたのである。

そんな彼女がここにきて女を武器とし、男に頼るなど、どのような気持ちなのだろうか。

おそらく、悔しくて惨(みじ)めに違いない。それくらい追い詰められていると言い換えてもいいかもしれない。すべてを察した俺は毛布を彼女の肩に掛ける。

「君の美しい肌は未来の旦那と月夜にしか見せてはいけない」

少しキザかもしれないが、それが偽らざる本音であった。

「……リヒト」

彼女は唇を噛(か)みしめると、涙腺を崩壊させ、俺の胸で泣いた。

しばらくなにも言わずに彼女を抱きしめると、アリアローゼの置かれている状況、黒幕の名を尋ねた。

†

メイド服に袖を通す衣(きぬ)ずれの音が聞こえてくる。妙に艶(なま)めかしいが、さすがは熟練のメイドさん、一分ほどで身支度を整えると、俺の手を引いた。

「なんだ？　二回戦に突入する気か？」

「な、一回戦もしてないでしょうが！」

「冗談だ」

「さ、さっきのことは忘れないと承知しないんだからね！」

マリーは顔を真っ赤にして言い放つが、俺が冗談でその場をなごませようとしていることに気が付いたのだろう、表情を作り直すと続ける。

「口で説明するよりも実際に見せたほうが早いわ」

と断言すると宿を出た。言われるがままに彼女についていく。

道中、彼女は背中越しに語ってくれる。

「単刀直入に言うとアリアローゼ様の命を狙っているのはこの国の大臣、バルムンク卿(きょう)

……その顔だと知っているようね」

「ああ、父上の友人だ」

「そう、このラトクルス王国でバルムンク財務大臣とあなたのお父様テシウス・フォン・エスタークは有名人。治のバルムンク、武のエスタークとも言われている」

「その口ぶりだとふたりは共犯なのか？」

「分からない……」

とマリーは首を横に振る。

「誰がアリアローゼ様の命を狙っているのか、分からないの。首謀者はバルムンクであることは間違いないのだけど……」

「なるほど、父上は容疑者段階というわけか」

謹厳実直にして無骨な父上の顔が浮かぶ。

自分にも他人にも厳しい人で、王家に対する忠誠心は篤い。そんな人が王女暗殺に加担するとは思えないが、バルムンクと昵懇なのは事実だった。エスターク城に足繁く通っていたバルムンク卿の顔を明確に思い出す。

「……容疑者の息子を護衛にするのはまずいんじゃないか？」

「あなたはバルムンクの手先なの？」

「まさか」

「ならばなんの問題もないじゃない。それにアリアローゼ様はおっしゃっていた。あなたはわたくしと同じ匂いがすると」

「香水はつけていないがね」

戯けるが、彼女はそれを無視するとアリアローゼの過去を語り出す。

「リヒト、このラトクルス王国は魔法の国だということは知ってるわよね？」

「そこまで無知だと思われるのは心外だ」

「そうよね」

「幼き頃から知ってるよ。身に染みてね」

エスターク家は魔法剣士の家柄、代々、筆頭宮廷魔術師を輩出してきた家柄だ。それはエスターク家だけではなく、他の貴族にも言える。

ラトクルス王国は魔術師が興した国で、その貴族のほとんどが魔術師だった。

魔術の技量、魔力の多寡が、その人物の価値として測られることが多い。無論、貴族に生まれ落ちたからといって魔法の力が約束されているわけではない。時折、『無能』と呼ばれる子供が生まれる。大抵は赤ん坊の頃に〝なかった〟ことにされるか、俺のように「追放」されることになる。

「……お姫様も『無能』なのか?」

「残念ながら」

「そんな噂、聞いたことがない」

「国家機密だから。ただ、完全な無能じゃないのよ。ひとつだけ才能を秘めているの」

「というと?」

「この魔法の世界には火、水、土、風、光、闇、の属性があることは知ってるわよね?」

「幼児でも知っている」

「じゃあ第七の属性は？」

「それも幼児でも知っている。ただし、〝おとぎ話〟としてだが――」

途中で声が止まってしまったのは、マリーの顔が思いのほか真剣だったからだ。少なくとも他人を騙したり、からかったりという成分は見られない。

「――まさか、お姫様は無属性が使えるのか？」

「その通り」

無属性魔法とは先ほど説明した六属性のどれにも属さない魔法のことだ。この属性を使いこなせるものはこの世界でも限られる。あまりにも稀少すぎて普通の魔力測定器では引っかからないため、幻の属性とも呼ばれている。

もっとも、あの王女様の場合は、それが負の要素になっているようだが。無属性は通常の魔法体系から離れているため、通常魔法を使う際に役立つことはない。むしろ、他の魔素がない分、苦労しているようにも見受けられる。

「信じられない」

「〝欠落者〟なのに王家に留まれること自体が証拠だとは思わない？」

「……たしかに。それに君はともかく、アリアローゼは嘘をつくような子ではないからな」

「酷いわね」

少しばかり緊張感がほどけた笑いを漏らすと、話を纏める。

「つまりバルムンクはお姫様の無属性を狙っているということでいいか？」

「バルムンクは強欲な大臣だけど、同時に魔術の求道者、アリアローゼ様をなにかしらの実験に使おうとしているのかも」

「無属性の貴種の被検体だものな。しかし、王族にそんなことをしたら縛り首じゃ」

「その通り。しかし、もしもアリアローゼ様が王族でなくなったとしたら？」

「なるほど……失脚させるのか」

「そういうこと。例えばだけど、盗賊に捕まり、純潔を奪われたとすれば、あるいはスキャンダルをでっち上げられるという可能性も。もっと直接的に監禁して王族離脱宣言書を書かせるという方法もある」

「そんな無茶はしないだろう――とは言えないな。現に盗賊にさらわれそうになった」

「そうね」

「しかし、そんな危険な状況なのに、なぜ、この北の街にやってきた？　王都で籠もっていれば少なくとも盗賊とは出くわさないだろう」

「その通り。王都の王立学院で勉学に励んでいれば直接的な危機は減る。しかし、アリアローゼ様にはもうひとつ弱点があるの」

それは？　と尋ねるとマリーは誇らしげに言い放った。

「それはアリアローゼ様が優しすぎるということ」

場違いなドヤ顔に思わず目が点になってしまうが、彼女は真剣で本気のようだった。

「…………」

まったく、このメイド娘のお姫様愛には困ったものだ、そう思った。

†

アリアローゼが優しいということは知っていたが、優しすぎるとまで形容していいのだろうか。――いや、いいのだろう。

その証拠をマリーが見せる。

彼女が連れて行ってくれた場所は、北の街にある教会であった。

そこは大勢の人々で溢れていた。まるで野戦病院である。

「……これは難民、ではないな」

教会が隣国との戦争で発生した難民を一時収容することはよくある。しかし、ここ最近、大規模な戦争は起こっていないことを思い出す。

教会の周りで毛布をかぶって寝ている人々、彼らは皆、病人であると気が付く。

皆、やっとの思いで歩き、ふらついている。地面に寝そべったまま動けないもの、うめき声を上げ続けるものもいる。中にはすでに死んでおり。腐臭を放ち、蝿(はえ)がたかっているものもいた。すでに死んだ赤ん坊に乳を与え続ける母もいた。

悲惨で壮絶な光景であるが、彼らをよく観察するとあることに気が付く。

「……皆、皮膚が灰色だ。竜のような鱗(うろこ)もある。石鱗病か」

「さすがね。知ってるとは」

「夜中、隠れて城の書庫に入り浸っていたからな」

「ならば石鱗病の恐ろしさも知ってるわよね」

「ああ、皮膚がどんどん竜の鱗のようになり、やがて石のように硬くなる。それが内臓や骨にまで至ったとき、確実に死ぬ病気だ」

「さすがに博識ね」

「褒め言葉などどうでもいい。問題なのはなぜ、俺をここに――」

言葉が途中で止まったのは、教会の炊き出しを見つけてしまったからだ。正確にはその炊き出しでパンとスープを配っている人物を見つけてしまったからだった。

「あれはお姫様！」

「しい！　静かに！　周囲に気付かれる！」

マリーの強い制止に自分の愚かさに気が付いた俺は声を潜める。

彼女にしか聞こえない声量で話し掛ける。

「……フードをかぶっているが、あれはまさしくお姫様」

「……そう。アリアローゼ様はお忍びで炊き出しをしているの」

「……まさかそのために王都からきたのか？」

「……そこまで愚かな方じゃないわ。アリアローゼ様は王都にある薬学研究所から石鱗病の特効薬を盗み出してきたの」

「……大胆なお姫様だな」

「そこがアリアローゼ様のいいところ」

「しかし、薬学研究所から薬を盗み出したのはどうしてだ？」

「どうしてっていうと？」

「そこまでする必要はないだろう。時間は掛かるかもしれないが、いずれ国王陛下から配給されるはずだ」

「たしかに石鱗病は厄介な伝染病。国も未然に感染拡大を防ごうとするはず。いえ、国法によってそう定められている。しかし、国が製造した石鱗病の特効薬が、〝誰か〟の手によって横流しをされていたら？　それがここに届かないとしたら？」

「財務大臣バルムンクは吝嗇家にして強欲、さらに〝前〟薬学研究所の所長、というわけか」

「正解。飲み込みが早い」

「記憶力と簡単な推理力の複合だよ。——しかし、盗み出した理由は分かったが、わざわざ姫様がやらなくてもいいだろう？　炊き出しなんてさせて、感染したらどうする？」

「感染したらどうすると思う？」

「分からん」

　マリーはあっさりと言う。

「感染したら死ぬまで。アリアローゼ様にとって、民が死んでいくのを座して見ているほうが辛いのよ」

　なんと単純な。あるいは豪胆な、と思ったが、アリアローゼはマリーの言葉通りの行動を重ねていた。彼女は石鱗病に冒され、今際の際にある老人の手を取ったのだ。

　彼は震える手を彼女の髪に向ける。

石鱗病に冒されたものは醜い。腐乱死体や幽鬼のようだと評するものもいる。それなのに彼女は僅かも厭がることなく、髪を触らせる。

おそらく、アリアローゼに孫娘の姿を重ねているのだろう。この場に誰もいないという
ことは彼の家族はすでに〝死に絶えている〟のかもしれない。

人生の最後の最後において、孫娘の幻想を見ながら死ぬことができる彼は幸福であろう
か。それは彼自身にしか判断できないが、アリアローゼは聖女のようなたおやかな表情で
老人を見送っていた。その姿はどこまでも神々しい。

「アリアローゼ様――。……俺は自分の中の聖母様を見つけたのかもしれない」

そうつぶやいてしまう。

聖教の聖書に記載される最初の女性、神を生んだ女性。この世でもっとも清らかな女性、
聖母ルキア。もしかしたらアリアローゼは彼女の生まれ変わりなのかもしれない。

うらぶれた教会で〝命〟と向き合う女性に感化された俺は、彼女の前に歩みでる。

俺の姿を見つけたアリアローゼはにこやかに微笑むと、

「ごきげんよう、リヒト様」

と言った。

まるで後光が差しているような彼女の笑顔。

それを護ることができたらどれだけの充足感に包まれることだろうか。

無意味だったこの人生にどれだけの意味を持たせることができるだろうか。

そう思った俺は彼女の前にひざまずくと、神剣を抜いた。それをアリアローゼに渡す。

彼女はなにも言わなくても俺の意図を理解してくれたのだろう。

「──決心して頂いたようですね」

流れるような動作で剣先を俺の肩に置く。

「我の名はアリアローゼ・フォン・ラトクルス。神に創られた人々の子孫、および、リレクシア人の王の娘にしてドルア人の可汗(ハン)の娘」

アリアローゼは粛々と自分の称号を読み上げると、こう続ける。

「テシウス・フォン・エスターク伯爵(はくしゃく)の落とし子、リヒト・エスタークよ。汝(なんじ)、我に忠誠を捧(ささ)げるか?」

「はい」

「いついかなるときも、陰日向(かげひなた)なく、主(あるじ)を護り、主のために死ぬか?」

「はい」

「どのような困難にも立ち向かい、国民のために命を捧げるか?」

「はい」

アリアローゼは厳粛な表情でうなずくと、最後にこう締めくくった。

「汝こそ、騎士の中の騎士。今日からエスタークの姓は捨て、アイスヒルクの姓を名乗るがいい」

「――アイスヒルク」

この街の名前だ。慈愛と聖徳に満ちた美姫に与えられた詩的な姓。

その姓を口にすると、不思議と心が浄化されるような気がする。

エスタークという名に劣等感を抱いていた俺、アイスヒルクという姓を心の中に刻むたびに、過去が洗い流されていく。

あるいは俺はこの姓を貰うためにこの世界に生まれ落ちたのかもしれない。

それくらいアイスヒルクという名前はしっくりときた。

忠誠の儀式は終わりを告げる。

こうして俺は落とし子、リヒト・エスタークから、王女の騎士、リヒト・アイスヒルクとなった。

†

王女アリアローゼは一晩中炊き出しと看病を続ける。その間、護衛をするが、バルムンク卿の襲撃はなかった。

メイドのマリーいわく、

「バルムンク卿もまさか王女様が炊き出しをしているとは思わないはず」

とのことだった。

道理である。アリアローゼは北の街中の教会や診療所に石鱗病の特効薬を配ったが、まさか病人が溢れる現場で王女が炊き出しをしているなどとは夢にも思わなかったのだろう。今頃、街中の宿を探して途方にくれている頃じゃないかしら、と意地の悪い笑みを浮かべるマリー。

その通りだったが、料理適性も家事適性もない俺が炊き出しを手伝っても意味はなかったので、そのまま護衛を続ける。

翌日の夕方、ようやく患者全員に特効薬を投与し終えると、この街の聖教会の教区長がやってきて、アリアローゼの手を取る。

「本当に……、本当に有り難い。王女殿下は我が街の恩人です」

人の好さそうな教区長は随喜の涙を流す。

アリアローゼは「当然のことをしたまでです」と彼の手を握り返した。

教区長は不眠不休で働いたアリアローゼに休むように勧める。俺もそれに賛同だ。アリアローゼの美しさに陰りはなかったが、それでも顔色が優れない。体重も落ちているだろう。このままでは彼女まで病気になってしまう。

アリアローゼは医者の不養生という言葉を知っていたようで、素直に提案を受け入れると、教会の奥に用意されたベッドで眠った。泥のように眠るとはこのようなことを言うのだろう。三秒で眠りに落ちると、寝息を漏らす。ただその寝姿もお姫様そのもので「すうっ」と小さく呼吸し、わずかに胸を上下させる様は高貴さを感じさせた。

「我が妹とは対極だな……」

我が妹、エスターク家のご令嬢であるエレンは、その可憐な見た目に反して寝相があまりよろしくない。たまに一緒に寝ることがあるのだが、いびき、歯ぎしりもするし、俺を抱き枕代わりにするし、朝、起きるとネグリジェがはだけてあられもない姿をしているときがある。ひどいときには夜中に脱いだ下着の上下が部屋の両端にあった。

比べる相手が悪いのかもしれないが、妹も年頃なのだから、もう少し気品を身に付けてほしかった。

そのように考えていると、メイドのマリーが起きていることに気が付く。彼女も炊き出しに看病に忙しかったはずだが、主よりも先に寝るつもりはないのだろう。王女の優しい寝顔を確認すると俺に眠ってもいいか尋ねた。

「疲れているんだ。寝なさい」

「ありがとう。紳士ね」

「俺は護衛しかやっていないからな」

「それでも暴れ回る悪漢の対処やシスターたちにはできない力仕事をしてたじゃない」

「夢でも見ていたのだろう」

マリーに気を遣わせないためにそう言うと、夢の続きを見るように勧める。疲労の極致にあった彼女はなにも言わずに王女の横のベッドに入った。

二秒ほどで寝るが、彼女の寝姿は主よりも我が妹に近い。世間の女性の寝姿の統計を取ったわけではないが、こちらのほうが多数派のような気がしてきた。

軽く安堵(あんど)すると、俺は壁に寄りかかる。半仮眠を取るのだ。

半分目をつむり、半分だけ寝る。片方の脳だけ休眠させる。一時間半経過したら、もう片方の目を閉じ、もう片方の脳を休ませる。

脳の構造、レム睡眠とノンレム睡眠の知識を知り尽くしていないとできない芸当であるが、あまり自慢できる特技ではない。片方ずつ目を開いて寝ている様は不気味なのである。事実、通りかかったシスターが驚いている。あとで事情は説明するが、ともかく、今は「聖女たち」にゆっくり休んでほしかった。

それが王女の騎士としての初任務であり、義務であった。

王女の騎士としての義務を果たすと、翌朝、聖女たちは目覚める。

マリーは「ふあーあ」と背伸びし、
アリアローゼは「…………」ぽけーっと宙を見ている。

王女様は低血圧のようで。

完璧な淑女にも弱点があるのが微笑ましかったが、マリーはそそくさとメイド服に着替えると王女の身だしなみを整える。

紳士である俺は勿論部屋を出ていくが、中でなにが行われているかは分かる。

アリアローゼは寝ぼけ眼で両手を挙げ、マリーが着替えを手伝う。そしてブラシで髪をとかして、髪を結う。妹がいるので手順まで完璧に想像できたが、マリーの手際の良さまでは想像できなかった。

一二分と三秒で身支度を調えると、王女様はにこやかに部屋を出てくる。

うちの妹の倍の速度、世間の令嬢たちの一〇倍は速いのではないだろうか。それでいて完璧な身だしなみなのだから、マリーの優秀さが知れる。

そのことを褒め称えると。

「えっへん」

　と大きな胸を突き出す。

「マリーは武芸も得意だけど、メイド能力もSランクなのよ」

「いつか武芸に専念できるようにしてやりたいな」

　そう返答すると彼女たちに予定を尋ねた。

「この街に留まるのか？」

「まさか、学校がありますから」

「メイド学校の講師でもしているのかな」

「マリーじゃなくてアリアローゼ様が通うのよ」

「ああ、なるほど、そういえばそんなことを言っていたな。王立学院に通っているのか」

「ええ、アリアローゼ様は王立学院の中等部生よ」

「中等部生？」

「物知りのリヒトも知らないことがあるのね」

「学校とは無縁の人生だったからな」

「王立学院は初等部、中等部、高等部に分かれているの」

「上に行くと偉いのか？」

「まさか。アリアローゼ様は王女よ」

「そうか、王女様ならば高等部ってわけでもないのだな」

「初、中、高は純粋に学年分け。各学年、二〜三年通って学業を修めたら上の学部に進めるの」

「分かりやすい」

「中等部ってことは卒業するまでまだ時間が掛かるってことだな」

「まあね。最低でもあと三年は通うことになるわね」

「飛び級はできないのか」

「アリアローゼ様は〝欠落者〟よ。無属性以外の魔法が使えないの。その無属性も使えるというだけ、なんの役にも立たない。実際は『無能』と一緒。それでも王族だから入学できたけど、さすがに飛び級まではね」

「なるほど」

　納得するが、マリーが「しまった」という顔をしていることに気が付く。本人の横で余計な話をしてしまったのだ。しかし、アリアローゼはよくできた人物で、怒ることもいじけることもなく、和やかに言った。

「気になさらないでください。本当のことですから」

彼女はそう言うと、「さあ、そろそろ行きましょうか」と宣言する。場の空気を変える見事な処置だ。

「教区長様によれば南の橋はもう修復されたそうです。王都まで二日もあれば帰れましょう」

「それは助かる。移動するたびに盗賊を退治するのは面倒だ」

その出来の悪い冗談に王女様もメイドさんも笑ってくれる。

社交辞令だろうし、作り笑いでもあるが、陽気にしていれば幸せが訪れる、という格言もある。彼女たちはその効果をよく知っているのだろう。

†

こうして落とし子から王女の騎士になってしまった俺。

正式な叙任式を行っていないから、「フォン」を名乗ることはできないが、姓は好きに名乗っても構わないので、今日からリヒト・アイスヒルクで通す。

自分でもとても気に入っているし、王都でエスタークの姓を名乗ったまま王女の護衛をするのは賢いことではないからだ。

父上は年の半分は王都に滞在しているし、落とし子とはいえエスターク家のものが王女の護衛をしていればいらぬ誤解を生じさせることもあるはず。

ここはエスターク家の落とし子であることも隠すのが得策だった。

「まあ、俺のことなど誰も注目しないだろうから、気にしすぎかもしれないが」

とつぶやくと、メイドのマリーがツッコミを入れてくる。

「黒髪黒目の天才魔法剣士が言っても説得力がない」

とのことだった。

俺の実力や容貌は目立つのだという。

昔、妹にも言われたし、実際、城の夜会でも目立っていたのでぐうの音も出ないが、気を付けることにする。

さて、北の街から馬車で揺られること二日。心配した襲撃も受けずに王都に到着する。

ラトクルス王国の王都はとても大きかった。

まず街道が馬鹿に広い。エスタークの城下町の二倍はあろうか。しかもすべて石畳で、でこぼこひとつない。ちゃんと管理されている証拠であり、財政が豊かな証でもあった。

「さすがは千年王城」

王都の別名を口にすると、アリアローゼが尋ねてきた。

「リヒト様は王都にやってきたのは初めてですか？」

「いや、幼い頃に父上に連れられてやってきた」

「それでは二度目ですね」

「といっても子供の頃だったし、あまり覚えていない。それに一〇年も経てば大きく変わっているだろう」

「一〇年程度ではなにも変わりませんよ」

そう言われたので当時の記憶をたぐるが、たしかにそんなような気もする。

王都の立派な門を思い出す。

「たしか当時も偉そうな門番がいたな」

「たしかに偉そうですね」

くすりと笑う王女様。

メイドのマリーが「でも見ていなさい」と懐から通行手形を出すと、門番は深々と頭を下げた。マリーの持っている通行手形には王家の紋章が描かれているのだ。

さすがお姫様といったところか。

街の中に入るとエスタークでは見られないような立派な建物群に驚く。王立図書館に王立博物館、例の特効薬を開発した薬学研究所もあった。他にも立派な商店などが建ち並んでいる。その中でも一際立派な建物をアリアローゼが指さす。

「あれは世界でも数ヵ所しかないデパートです」

「でぱーと？」

平仮名になってしまう。

「デパートメント・ストア、つまり百貨店ですね」

「なるほど」

よく分からん。

「色々なお店がひとつの建物に入っているんです。いつか、一緒に行ってみましょう。エレベーターと呼ばれる面白い装置があるんですよ」

「ほお」

「ちなみにマリーは初めてエレベーターに乗ったとき、『妖怪の入れ物よー』と取り乱したんですよ」

くすくすと笑う王女様。マリーは顔を真っ赤にしながら抗議する。

「あれは武者震いしただけです！」

とのことだったが、まあ、箱が上下する機械に乗ったら、俺も青ざめてしまうかもしれないな、と思った。

さて、王都の珍しい建物も堪能したことだし、このままアリアローゼの屋敷に向かおうと提案する。

「わたくしの屋敷ですか？」

「王族だからあるだろう？　あ、宮廷で暮らしているからないのか」

となると俺も宮廷暮らしか。面倒そうだな、と眉をひそめると、王女は首を横に振った。

「父上――、国王陛下に屋敷を与えられていますが、そこには帰りません」

「ならば王立学院に直接帰るのか？」

「いえ、その前に寄るところが」

と言うと王女様は俺を王都の目抜き通りに連れてきた。

そこは小綺麗な商店が並ぶ商業地区の一角。伝統的な商店も並ぶ。ショウウィンドウには品良く品が並べられており、御婦人たちの消費意欲を煽る。

買い物にわずかばかりの興味もない俺はなんの感慨も湧かないが、彼女は気にすることなく、俺の手を引き、店に入っていった。

とても小洒落た建物で、崩した筆記体で、「ミス・アランの店」と書かれていた。

独特の雰囲気がある店だ。店主もさぞ変わっているのだろうか、そのように注視していると、店の奥から出てきたのは筋骨隆々の男だった。――ただ、女物のドレスを着ているが。さらに言葉遣いも女性的だった。

「あーら、これはこれは王女ちゃん」

ちなみに声質は野太い男そのものだ。

（ミスとはそういう意味か……）

神々が彼、いや、彼女の性別を間違えてしまったのだろう。だから彼女は淑女(ミス)になったのだ。──などと上手(うま)いことを思っていると、ミス・アランは続ける。

「しばらく見なかったけど、どう？　勉強ははかどっている？」

「相変わらず無属性以外は欠落しております。実技試験などでは散々ですが、その分、座学で取り戻しております」

「それはいいことね。でも、勉強ばっかりして女の子の務めをおろそかにしちゃ駄目よん」

「女の子の務め？」

「そりゃあ、もちろん、お洒落のことよ。女に生まれ落ちたからにはお洒落をしないと」

「なるほど」

「特にアリアちゃんは美人さんなんだから、うんと綺麗にしないとね。どう、新作のワンピースが入荷したんだけど」

「それは楽しみですが、拝見するのは後日。それよりもほしいものがありまして」

「なあに？　媚薬から公爵夫人のブラジャーまで、なんでも手に入れてみせるわよん？」

「それではここにいるリヒト様の制服を仕立てて頂けますか？」

「制服？　軍隊の？」

「いえ、王立学院の。男子のものです」

「イケメン君が護衛になるの？」

「はい。リヒト様ならばどのような強敵からも私を護ってくださるでしょう」

「かもしれないわね。でも、時期じゃないでしょ」

「はい。入学の時期ではないと分かってはいますが、来期まで待てないのです」

「時期外れの入学試験は死ぬほど難しいって聞いたけど」

「リヒト様ならば造作もないでしょう」

アリアローゼが自慢げに言うと、アランは俺を見つめる。

足下から頭頂まで品定めされる。妙に艶めかしい上に筋骨隆々なので違和感を覚える。

一通り見終わると、

「あらん、いい男じゃない」

と俺の尻を触ろうとしたので、丁重に避けさせて頂く。

「──アリアちゃんの護衛としてもやっていけそうね。その身のこなしならば」

　くすりと笑う大男。

「……なんなんだ、この名状しがたい生物は」

「あら、言ってくれるじゃない。あたしの名前はアランよ。あたしみたいなのは初めて見た？」

「エスタークにはおまえのようなのはいない」

「それは嘘ね。昔から兵営の愛と言ってね。軍隊や男っぽい環境ほどあたしみたいなのは多いの。男だけの環境になるとあっちのほうが困るでしょう」

「…………」

　そういえばエスタークの指揮官に色目を使われたことを思い出す。お菓子をあげるからこっちにこないかと子供の頃、誘われたのだが、すんでのところで難を逃れた。最近もそういう誘いを受けたことがある。

「その顔じゃ心当たりありってことね」

「……まあな。だからといって尻を触られていいわけじゃない」

「そうね。それは謝るわ」

　素直に謝罪をすると、絶対に性的なことはしないから、寸法を測らせてと言われる。その顔は好色じみておらず、職人意識の塊になっていたので、黙って寸法される。するとアランはものの数分で俺の採寸を終える。その手際、見事であった。

「手足が長いわー。それに顔が小さい。王立学院の制服がさぞ似合うことでしょうね」

「いつ頃出来上がるでしょうか？」

　アリアローゼが尋ねる。

「そうね。明後日というところかしら」

「明日は無理ですか？」

「なにをそんなに慌てているの？」

「入学試験を明日に控えてまして」

「まあ、それは大変、じゃあ、特急で」

「ありがとうございます。報酬ははずみます」

「期待しているわん」

　そのやりとりに口を挟む。

「明日、入学って気が早すぎないか？　それにご都合主義すぎる。どうやって手配した」

「わたくしは王族です。多少の無理は利きます」

「そんな気配なかったが」

「マリーに頼んでおいたのですよ。彼女の仕事は迅速かつ丁寧です」

マリーを見ると胸を張り、「さすがマリーっしょ」と自画自賛している。

俺は吐息を漏らすと、もう一度、彼女に「本当に俺が入学するのか？」と尋ねた。

「はい、そのつもりですが」

なにか問題でしょうか？　首をかしげるアリアローゼ。

「問題大ありだ。俺は王立学院になど通いたくない」

「なぜですか？」

「集団行動が苦手なんだ」

「しかし、王立学院を卒業すれば、将来、職に困りません」

「傭兵（ようへい）や冒険者のほうが気軽だ」

「王立学院を卒業すれば士官になれます。もしくはAランク冒険者からスタートできますが」

「そんなのどうでもいい。食うに困らなければいいんだ」

「なるほど。でも、王立学院に通わなければ護衛ができません」

「別に学院の外から護ればいいだろう。学院にも衛兵はいるだろうし」

「たしかに衛兵はいますが、リヒト様の万分の一の力もありません」

アリアローゼはきっぱり言うと、こう繋（つな）げる。

「リヒト様はわたくしを護る騎士になってくれると言いました。その約束を違えるのですか？」

難詰する口調ではない。むしろ、悲しげに言う。小雨に震える捨て犬のような目だ。

そのような目をされてしまうと、困ってしまう。

その姿にぬいぐるみを抱き、「兄上様……」と涙ぐむ、妹の子供時代を重ねてしまう。泣く子と地頭と妹には勝てない。そんな諺を思い出した俺は黙ってアランに制服の調整について口を出した。

「まだ身長が伸びているから、少し大きめに作ってくれ」

「スポンサーは王女様よ。あまりこすいことを言わないの」

アランはそう言うと俺たちを送り出す。

帰り際、片目をつぶると俺だけに聞こえる声でこう言った。

「お姫様を泣かすんじゃないわよ」

「一国の王女だからな」

「違うわ。あんな佳い女を泣かすな、ってこと。佳い男は佳い女を幸せにするものよ」

「頭の隅に入れておくよ」

そう言うと俺たちはアリアローゼの屋敷に向かった。

制服が届くにしても最短で明日。それまでの宿が必要だったからだ。

アリアローゼの屋敷は王都の高級住宅街にある豪壮なものだった。まるで大商人の御殿のようである。ラトクルス王国はとても豊かな国のようだ。

第二章

王立学院入学

†

翌日、朝になると姫様は制服姿で現れる。いつもとは違う格好にどきりとしてしまう。

旅人用のローブを纏った姿はとても可憐だったが、王立学院の制服を纏った彼女はとても美しかった。白と青を基調にした軍服のようなデザインの制服。それでいてひらひらなどもあり、女性らしさを演出している。

どこに出しても恥ずかしくない格好だ。実際、王立学院の学生は、冠婚葬祭をこの服で済ますらしい。むしろ、一般生徒の親族などは王立学院の制服でこられたほうが自慢できると推奨しているらしかった。

ぼうっと見とれていると、メイドのマリーが軽く咳払い。

「こほん」

最初は風邪でも引いたのか、お大事に、と思ったが、違うようだ。

彼女は唇だけを動かし――、

「ほ・め・な・さ・い」

と言った。

なるほど、たしかに女性が新しい服に着替えたら褒めるものだ。妹は特に褒めなければ機嫌を悪くした。女性心理に精通しているつもりだったが、まだまだのようだ。

改まってアリアローゼのほうを見ると、彼女を褒め称えた。

「とても可愛らしい。髪型が特によく決まってるよ」

その言葉に彼女はぱあっと顔を輝かせる。

「ありがとうございます。リヒト様こそ、制服格好いいです」

「ありがとう。馬子にも衣装だな」

「そんなことはありませんよ。本当に素敵です。――でも」

と俺の曲がっている襟元を直す。

その姿を見てマリーは「新婚さんのようです」と笑った。

アリアローゼも顔を真っ赤にするので、意識してしまうが、顔色だけは変えないように注意しながら、そっと離れると、そのまま皆で屋敷の前に出た。そこには立派な馬車が用意されている。

「馬車通学とは豪勢だな」

「初日ですから。明日からは学院の寮に寝泊まりするので馬車はありません」

「学生寮は学院内にあるんだな」

朝の日差しが目に飛び込む。

「それにしてもまぶしいな。鮮やか過ぎる」

「生まれたての太陽ですから」

マリーが持っている懐中時計を見せてもらうと、時間はまだ五時だった。

「王都の学生はこんなに早起きなのか？　鶏みたいだ」

「まさか、鶏さんはもっと早起きです」

これ冗談ですからね、と笑うアリアローゼ。

「学院生はもっと遅起きですよ。今日は入学テストがあるので、早めに学院に行くんです」

「ああ、そうだった。入学テストだな。……ところで俺は事前になんの勉強もしていないのだが？」

「それについては大丈夫」

とメイドのマリーは馬車の扉を開ける。そこにはずらっと王立学院の過去問の書物が。

「まさか馬車の中で勉強しろと」

「一応ね。そもそもリヒトには勉強はいらないと思う」

「普段から、書物に慣れ親しみ、含蓄をお持ちですからね」

「買いかぶりすぎだ」

と言いながらも馬車の中の書物をペラペラとめくる。問題傾向だけでも把握すれば、脳の引き出しから索引しやすくなるだろう。俺は一度覚えた知識は忘れない。印画紙で焼き付けたかのように思い出せるのだ。

「筆記試験は余裕だろうが……」

問題は実技だった。

「お姫様、俺はあまり目立ちたくない。剣技も魔術も最低ランクで合格したいんだが」

「それは構いません。わたくしと同じ学院に通えればいいのですから。しかし、下等生（レッサー）を目指すとそのまま試験に落ちてしまうかもしれませんよ」

「下等生（レッサー）？」

「下等生（レッサー）というのは学院生の称号のことです。上から特待生（エルダー）、一般生（エコノミー）、下等生（レッサー）となっています」

「要は学生のランク付けか。ちなみにお姫様はなんなんだ？」

「わたくしは名誉特待生（エルダー）です……」

……なるほど、名誉、か。アリアローゼは王族ではあるが、無属性しか使えない欠落者。本来ならば問答無用で下等生（レッサー）に分類されるのだろうが、血筋を考えて〝特別〟な配慮がされているのだろう。

まったく、面倒くさい学院だ。しかし、それも仕方ないかもしれない。この国は魔法の王国。魔力の多寡によって才能が決まると言ってもいい。

そんな中、『無能』や『欠落』は差別されて当然だった。王侯貴族の家に生まれたのなら、なおさら、ないがしろにされても仕方ないだろう。

この学院には厳然たる階級(カースト)が存在するようだから、おそらく、王女の立場は万全ではないのだろう。他の生徒のいじめの対象になっているかもしれない。少なくとも侮蔑はされているだろう。

そんな中、毅然(きぜん)となにものにも屈することなく、清く正しく生きるお姫様のなんと気高いことか。

また主(あるじ)を敬愛する理由を見つけた俺は、せめてこれから行われる試験には合格しようと思った。落第などもっての外。ただし、「堅実謙虚に目立たず」のモットーは忘れない。

今の俺はアイスヒルクの姓を持っているが、ここは王都、エスターク家の関係者も多い。いつかばれることだろうが、最初からエスターク家の落とし子が王女の護衛になったとばれるよりはいいだろう。

目立たないという目標は、自分のためでもあるのだが、なによりも姫様のためでもあった。目立つ〝護衛〟ほど役立たずはいない。

主がこのように目立つのだから、せめてその護衛くらいは慎ましやかにしたかった。

改めて姫様の可憐さ。存在感に溜め息を漏らすと、そのまま試験会場へと向かった。

†

王立学院は王都の東端、湖のほとりにあった。

王都の中心街から三〇分ほどで到達できる。周りには美しい木々が生えており、外界を拒絶しているようにも見える。

美しい石造りの建物群はまるでひとつの街であったが、その感想に間違いはない。

実際に王立学院はひとつの街なのだ。

アリアローゼが桜色の唇を動かし、学院の説明をしてくれる。

「全校生徒は一〇〇〇人、彼らの世話をするものや職員などを合わせると二〇〇〇もの人が住んでおります」

二〇〇〇人といえばちょっとした規模である。地方にはそれよりも小さな街などいくらでもあるのだ。

「すごいなあ」

田舎者のように建物群を観察していると、メイドが「リヒトは田舎者ね」ふふん、と言う。

そういえばこの娘、会ったときからずっとため口だ。俺以外の人間には敬語を使うこともあるくせに。そのことを指摘すると、

「当然でしょ」

と言う。

「あなたは正式に護衛となったんだから。つまりマリーと同格よ」

「なるほど、たしかに」

「ううん、先達という意味ではマリーのほうが偉いかも。敬い、崇めなさい」

ふふん、と鼻高々のマリー。

アリアローゼは「後輩ができて嬉しいようです」と補足する。

ツンデレというやつだな、と言うとアリアローゼは楽しそうに首肯した。

「話は少し変わるが、お姫様、君はどうして俺を様付けする」

「え？　わたくしですか？　それはリヒト様がリヒト様だからです」

ロミオとジュリエットという異世界の戯曲を思い出す。おお、あなたはなぜロミオなの？　ロミオだからという結論になるのだが、それに近いものがある。

おそらく、生来の人の良さと育ちの良さからくる性質なのだろう。言葉遣いというもの

はそうそう直るものではないので放置するが。

さて、聞きたいことは聞いたので、そのまま試験会場とやらに行く。

筆記試験が行われるようだ。意地の悪そうな試験官が雁首(がんくび)を並べていた。

片眼鏡の男は「こいつが噂(うわさ)の受験生か」と悪態をついてきた。

「こんな時期にくるやつはほとんどいないから、試験問題作成に手間取ったぞ」

嫌みたらしく苦労を語ってくれた。

彼は俺の履歴書を見ながら、「ふん……」と鼻を鳴らす。

「フォンの尊称もない薄汚い平民か……、まったく王女の紹介でなければ椅子にも座らせたくないのだが……」

その言葉に怒りを覚えたのは俺ではなく、アリアローゼだった、彼女は珍しく――、いや、初めてその顔に怒気を見せると、一歩前に出た。俺はそれを抑える。

「姫様、気にするな」

「しかし――」

「慣れている。それにこんなところで騒動を起こしたら入学できない」

その言葉で冷静さを取り戻した彼女だが、意外にも気が強い一面を見せる。

「……それでは勉学であの試験官をぎゃふんと言わせてください」

「満点は取りたくない。目立つから」

「ならばそれ以外の方法で」

「難しい注文だな」

苦笑いを浮かべると、そのまま椅子に座った。

机の上に置かれる問題。

古代魔法文字に関するものや、高等数学に関する問題がぎっちり埋め込まれていた。

大学レベルの問題である。とても学院レベルの問題に思えなかったが、試験官の口元が歪(ゆが)んでいることに気が付く。

「……そうか。そういうことか」

この試験官は通常よりも難しく問題を作ったようだ。時期外れの受験生、あるいは王女の護衛が気にくわないように見える。生来の性格の悪さが起因しているような気がするが、案外、姫様の凶敵バルムンクが絡(から)んでいるような気もする。

だとしたらこいつはいくらで雇われたのだろうか。気になるが、尋ねても返答はないだろう。

なので実力でへこませることにする。

試験官が用意した珠玉の高難度テストを高速で解いていく。

一問、二秒のペースで。

「な、なんだと」

驚愕（きょうがく）する片眼鏡の試験官。通常、このテストを解くには一問、一分は必要とする。二秒で回答しているということは、思考時間（シンキングタイム）なしで書き込んでいるということだ。理屈上、最速であり、書き込みながら次の問題を解いているということになる。

「あ、有り得ない」

試験官は驚愕するが、すぐに冷静になる。

「そ、そうだ。答えが合っているとは限らん。適当な答えならば幼児でも書き込めるのだ。や、やつは自暴自棄になっているに違いない」

そう決めつけるが、アリアローゼは得意げに否定する。

「そうでしょうか。やはりあなたは見る目がなさそうですね」

彼女の棘（とげ）のある言い方に腹を立てる試験官だが、王族に口答えする気もないのだろう。苦虫を噛（か）みつぶしたかのような顔をしながら、俺が出した答案用紙を奪う。

「ふん、すぐに採点してやる」

「採点は他の教師に御願（おねが）いできますか」

アリアローゼの提案は明らかに失礼だが、試験官は怒ることなく、同僚の教師に答案用紙を渡す。どうせ間違っているのだ、と言わんばかりだった。

事実、俺の答案は不正解から始まる。

不正解、

不正解、

正解、

正解、

不正解、

チェックシートは不正解のほうがやや多いくらいのペースで続く。

試験官はにやりとした。

（……くっく、みたことか不合格だ）

この試験の合格点は七〇点。今のペースだと六〇点が良いところだろう。点数が足りなければ次の実技試験も受けられないのだ。

（偉いお方から賄賂を貰い、学院にばれるリスクも計算していたが、やってよかった。マイホームのローンが返せる）

にこやかになる試験官。しかし、後半、正解が増えていくと不機嫌さを取り戻す。

（……まさか、このまま合格したりはしないよな）

嫌な汗が流れるが、嫌な予感は現実となる。

採点をした試験官は、

「七〇点ぴったりだ」

と言った。

「な、なんだと⁉」

採点をした試験官から答案用紙をひったくる。たしかにそこには七〇の数字が。

「ば、馬鹿な、なにかの間違いじゃ」

賄賂を貰っていない真っ当な同僚は、「失礼な」と眉をいからせる。

「く、ありえない。この問題は大学レベルだぞ」

「ならばリヒト様の学力は大学レベルなのでしょう」

アリアローゼはそう断言すると、きびすを返した。

これ以上、俗物の試験官と話しても仕方ないと思ったのだろう。

「参りましょうか、リヒト様」

俺の手を取ると、彼女は俺を実技試験の会場に連れて行く。

悔しがる試験官の声が廊下まで聞こえてくる。

らだ。

試験官は怒りのあまり、答案用紙をバラバラに破ろうとしたが、さすがにそれは同僚に抑えられる。もしもそのようなことがバレてしまえば、学部長からの叱責では済まないからだ。

ローン返済の当てを失った試験官は不機嫌の極みだったが、窓から実技試験の会場に向かうアリアローゼとリヒトの姿を見て溜飲(りゅういん)を下げることにした。

「……ふん、筆記テストを〝ぎりぎり〟合格したからといって、いい気になるなよ。筆記テストがこの点ならば実技テストに受かるわけがない。王立学院はそんなに甘いところではない」

そう負け惜しみを口ずさんだが、その余裕は同僚の一言によって消し飛ぶ。

「お、おい、こいつはなんなんだ⁉」

同僚たちが騒いでいる。答案用紙になにか見つけたようだ。

もしや採点ミスか、不正の証拠か⁉　そう思って勇んで彼らのいる場所へ向かうと、そこで見たのは信じられないものだった。

同僚のひとりが答案用紙に線を引いている。

リヒト・アイスヒルクが答案用紙にチェックした箇所、そこを線でなぞるととんでもないものが浮かび上がったのだ。

それは古代魔法文字の一種。

幾何学的な模様で書かれているが、魔術を嗜むものならば誰でも読める文字。

その文字の発音は「クヘド」、意味は〝愚か者〟。

つまりリヒトはこの答案用紙を見ただけで、チェックシートがクヘドになるパターンを見抜き、なおかつ最低限の点数で解答したということになる。

そんな化け物じみた脳の回転をあの一瞬でやったというのか？　そのようなことは〝自由自在〟に満点を取れるような知識と教養がなければ不可能だ――。

試験官は寒気さえ覚え、よろめく。

壁にやっと手を置くと、その悪魔じみたことをやってのけたリヒトを窓の下から再び見下ろす。

「い、いや、偶然だ。偶然に決まっている」

彼の後頭部を注視していると、彼が軽く振り返りこちらを見つめた。

視線が交差する。

リヒト・アイスヒルクは氷のような瞳でこちらを見つめてくる。

「ひ、ひい……」

思わず尻餅をついてしまう試験官。

その視線でやつが狙ってこの解答をしたことに気が付いたのだ。

「ば、化け物だ。い、忌み子だ」

図らずもエスターク家で使われていた蔑称を言われたリヒトであるが、気にすることはなかった。この異常な頭の回転、底知れぬ魔力、それに冷え切った心は、十分、その蔑称に値すると思っていたからだ。

そのように自分の過去に思いを馳せていると、アリアローゼは俺の空虚な心に流れる風に気が付いたのだろう。俺の腕を取り、己の腕を絡めた。

「お、おい……」

俺がそう言うと、彼女はにこりと微笑みながらこう反論する。

「心がどこか別のところにありました。過去に思いを馳せるのもいいですが、リヒト様とは一緒に未来を歩みたいと思っています」

王女様はにこりと微笑むと、そのまま一緒に歩みを進めた。

道行く生徒はなにごとか、とこちらを見つめてくるが、王女様の心遣いを思うと無下にはできなかった。せめて次の会場までは彼女の好きなようにさせよう、そう思った俺は彼女にされるがまま、恋人のように歩いた。

†

さすがに実技試験の会場の前で腕組みを解除すると、そのまま会場に入る。

まずは魔法適性を計る。俺が入るのは魔法剣士科。なぜならば姫様もその科目だから。

魔法剣士科は魔法の腕前と剣の腕前を計られる。

双方の水準が一定以上ならば入学を許可されるのだ。

王立学院では魔法剣士科が一番高難度と言われている。なぜなら魔法剣士は一流の剣士の技量と、一流の魔術師の才能が求められるからだ。その双方を併せ持つのは至難の業であった。

――もっとも俺は併せ持っているのだけど。

ただ、これも先ほどのテストと同じであまり目立たないようにしなければいけない。

この王立学院は大貴族の子弟が多い。そんな中、彼らより優秀な成績を取るのはよろしくないことであった。それに姫様の政敵であるバルムンクの目につくような真似はできるだけ控えたかった。

（――少なくとも父上とバルムンクが繋がっているかどうかの真偽が確定するまではな）

治のバルムンク、武のエスタークこの国の両輪と呼ばれている重臣ふたり。

エスタークー城に訪れるバルムンクの姿を何度も見ているし、書簡が頻繁に届けられているのも確認済みだ。無論、同じ王国の重臣同士なのだからそれくらいはするだろうが、もしもということもある。

俺は父上の魔法戦士としての技量を尊敬していたし、その人格も評価していたが、だからといって〝謀反心〟がないとは断言できない。優秀だからこそ、より高みを目指したいと思う人間は多いというか、それが標準だった。

とにかく、目立つな、をモットーにしている俺のほうが異端なのだ。

そのように考えていると、アリアローゼが俺の袖を引く。

「リヒト様、なにかお考えごとでも？」

「なんでもないさ」

と告げると、試験官の前に出た。彼らは説明を始める。

「これから魔法と剣技の実技を始めるが、どちらから始める」

好きなほうを選べるようだ。親切である。ならばまずは魔法から希望した。

試験官は説明を始める。

「それではまず魔法のテストだ。あそこに置いてある金属を魔法で両断せよ」

「あの金属は特殊なものなのですか？」

アリアローゼが尋ねる。

「その通りだ。あれはダマスカス鋼。この世でもっとも硬いと言われている鋼の一種だ」

「ダマスカス鋼⁉」

「なにを驚いているんだ？」

俺は尋ねる。

「ダマスカス鋼ですよ。リヒト様」

「知っている。東方の一部でしか産出されない硬い鋼だ」

「そうではなく、あのようなものを魔法で斬り裂くなど不可能です」

「そうでもないと思うが」

「わたくしのときはただの鋼でした。それでも皆、難儀しておりました」

「一般人ではそんなものか」

「まさか。各地から集められたエリートたちです。そのものたちでも苦戦したんですよ。……ちなみにわたくしは斬り裂けませんでした」

無属性しか使えない彼女ではきついというか、不可能だ。鋼を斬り裂くには風属性を極めるしかない。

哀れに思ったが、哀れんでいる暇はない。今はあのダマスカス鋼をなんとかしなければ。

「そうです。そうでした。どうやって斬り裂きましょうか？」

「いや、斬り裂くこと自体は難しくない。問題なのはあのダマスカス鋼が測定器に繋がっていることだ」

「測定器？」

四角いダマスカス鋼にケーブル類が繋がっている。その先には見覚えがあるものが。

あれはエスターク城の追放テストでも使われた魔力測定器だ。

「ただの魔力測定器ですが、なにか問題でも？」

「大ありだ。ダマスカス鋼を斬り裂くのは容易だけど、魔力測定で高い数値が出るのはよくない」

アリアローゼは呆れ顔だ。こんなときに目立つ心配をするなんて、と思っているのだろう。しかし、すぐに考えを改める。

「相変わらずの人生哲学ですが、ダマスカス鋼を斬り裂けるなんて本当ですか？」

「まあな。論より証拠、今、見せる」

そう言うと試験官に尋ねる。

「これは魔法のテストのようだが、魔法剣を使うのはありかな？」

「無論、ありだ。魔法剣も魔法であることに変わりはないし、そもそもこの試験は魔法剣士科のもの。好きにするがいい」

「それは有り難い」

そう言うと俺は神剣ティルフィングを抜こうとしたが、それは制止される。

「剣の質によって差が出てはいけないから、当学院が用意したものを使え」

「それは道理だな」

たしかに神剣を使えば魔力など込めなくてもダマスカス鋼を斬り裂けるだろう。さすれば魔力測定器も反応しない。しかし、それでは芸がない。それに相手の土俵で戦って、それを覆してこそ面白い。そう思った俺はティルフィングを姫様に預ける。

ティルフィングは猛抗議をするが。

『うきゃー、信じられない！　そんなに簡単に諦めるなんて！　神剣使えよ、神剣。なんのためのワタシだよ！　うきー』

ヒステリックにわめきたてるのでケアをする。

「あまり叫ぶな。他人に聞こえたらどうする。世にも珍しいしゃべる剣として見世物小屋に売られるぞ」

『残念でした。ワタシの声は持ち主にしか聞こえないの』

「そうか、じゃあ、姫様にも聞こえないんだな」

『そうなるね』

アリアローゼを確認するとたしかにきょとんとしている。俺がひとりごとを言っているように見えるようだ。

「なるほど、じゃあ、ぎゃあぎゃあわめかれても平気ってことか」

そう言うと再び神剣を姫様に預ける。

『ぎゃあ！　だからどうしてそうするかなー』

「神剣は禁止だからだ。それにこれくらい、短剣でどうにかなる」

学院が用意した中でも一番貧相な武器を選ぶ。

それを見て試験官が驚きの声をあげる。

「貴殿はそんな短剣で魔法剣を使う気か？」

「そうだが」

「試験を愚弄する気か。短剣でダマスカス鋼を斬り裂くなんて」

「大丈夫ですよ。むしろ、こちらのほうが魔力を込めやすいんです。今から俺が使う〝ちょっと変わった〟魔法剣はね」

「ちょっと変わった魔法剣……」

アリアローゼはその言葉に息を呑む。どのような魔法剣を繰り出すか、興味津々のようだ。試験官は半信半疑のようだが、姫様のためだけに解説をする。

「魔術にはいくつも系統がある。古代魔法、現代魔法、簡易魔法。さらにそれらが枝分かれし、死霊（しりょう）魔術に神聖魔法なんてものもある。どれもが古代魔法文明にルーツを持つと言われているが、中には古代魔法文明にルーツを持たない系統もある」

「そんなものがあるのですか？」

「あるのさ」

「ま、まさか、おまえ、東洋魔法を使えるのか？」

試験官の言葉ににやりとしてしまう俺。なかなか、勘が鋭いじゃないか。無論、言語化して指摘はしない。代わりに彼に〝本物〟を見せてやる。

「この世界には東洋と呼ばれる世界がある。袴（はかま）と呼ばれる衣服を着たり、箸と呼ばれる食具を使ったりする民族だ。彼らは自然と調和することを好み、八百万（やおよろず）の神々を信仰しているという。彼らはその神々から授かった〝漢字〟と呼ばれる文字を使用する」

「漢字、聞いたことがあります。我らが使う文字とは違って、一文字一文字に〝意味〟が込められているのだとか」

「その通り、それは〝言霊（ことだま）〟って言うんだ」

そう説明すると、短剣に言霊を込める。

斬

という漢字を刀身に描くと、短剣の白刃は青色に輝き始める。

「この言葉の意味はこちらの言葉でスラッシュかな。斬るという意味だ。この言霊を込めれば、玄武竜の鱗だって斬り裂ける」

そう言うと俺はそれを実行する。

斬！　横薙ぎの一撃を加えると、ダマスカス鋼にひとつの線が走る。

うっすらした線だったので、最初、それを誰も発見することはできなかったが、試験官がダマスカス鋼を調べたとき、変化が訪れる。

試験官がダマスカス鋼に触れた瞬間、線がずれ、硬い鋼が地面にずり落ちたのだ。

ひゃ！　と試験官たちが驚く。

「ま、まさか、ダマスカス鋼を短剣で斬るなど。しかも東洋魔術を使って」

「し、信じられない」

「夢を見ているようだ」

試験官たちは口々に言うが、このままだと採点をして貰えそうにないので、採点を願い出る。

「そうだ。ダマスカス鋼を斬るのが試験だが、魔力測定値を見なければ」

「ダマスカス鋼を斬った時点で合格なんですよね？」

俺は尋ねる。

「ああ、無論だ。魔力測定器の値は、入学の際の階級に反映される」

「例の特待生（エルダー）、一般生（エコノミー）、下等生（レッサー）か……」

「安心しろ、君のこの凄（すさ）まじい東洋魔術ならば、特待生（エルダー）だって――」

試験官の言葉が途中で止まったのは、魔力測定器に出された数字が意外な数字だったからだ。測定器に表示された数字は、

ゼロ

だった。

「馬鹿な、有り得ない。ダマスカス鋼を斬り裂くような一撃だぞ。ゼロなど有り得ない」

「機械の故障ではないか？」

ちなみに機械の故障ではない。エスターク城の決闘のときのように《幻術》の魔法で惑

わせているわけでもなく、単純に値がゼロなだけだった。

この測定器は古代魔法文明のもの。まったく別系統の東洋魔術の魔力を測定できるわけがないのだ。

ゆえにゼロの値は正当なものだった。

そのことを説明すると、試験官たちはぽかんと大口を開けた。採点をどうしようか話し合っているようだ。

東洋魔術という王立学院の特待生(エルダー)も使いこなせないような魔術を使ったのだから、満点でいいのではないか、という意見が大半を占めたが、それは俺が覆す。

「試験官の皆さん方、測定器の値は絶対です。ゼロはゼロ。しかし、ダマスカス鋼を斬り裂いたのも事実なのですから、合格ギリギリの点数を頂きたいです」

「……なるほど、では五〇点で」

ということに落ち着く。本人がそう申し出ているのだし、あとで記録を見た教授陣に文句を言われるのを避けたかったのだろう。こちらとしてはその保身のほうが有り難い。

さて、こうして俺は筆記試験七〇点、魔法実技試験五〇点となった。

あとは剣技の試験で合格点を取れば晴れて学院生になれる。

剣技の試験は、午後に行われるそうだから、しばし時間があった。

その間に昼食を取れとのことだった。

アリアローゼの屋敷で豪勢な朝食を頂いてからそんなに時間が経っていなかったので、昼食は不要だと思っていたが、見ればアリアローゼが大きなバスケットを持っていた。

なんでも今朝、早起きして今日のランチを作ってきたそうな。

「お口に合うかは分かりませんが」

と申し出てくる。要は食べろということなんだろうが、少し躊躇する。

目の前にいるのは一国の王女様。

つまり普段は絶対に厨房に立たない人物である。そんな人物が作った弁当が美味いだろうか？

いや、不味くてもいい。エスターク城にいた頃は文字通り冷や飯を食べさせられていたから、食事に贅沢は求めない。腹に入り、栄養さえ取れればそれでよかった。

問題なのは腹に入れることさえできないもの。栄養さえ取れないもの、である。

食べれば必ず腹を壊すもの、体調を悪くさせる食べ物は勘弁願いたい。午後から剣技の試験があるのだ。

そうアリアローゼに説明したかったが、彼女はにこにことバスケットを持ってたたずんでいる。

その穢れなき笑顔に抵抗することは不可能だった。

俺はメイドのマリーに胃薬と整腸剤の用意を頼むと、アリアローゼと一緒に中庭に向かった。なんでも中庭にはとても美しい庭園があり、お弁当を食べるのにぴったりなのだそうな。

†

結論から言えばアリアローゼの弁当は美味かった。

「なんだこれは……」

驚愕の表情を浮かべる俺。

ハムとレタスのサンドウィッチはちゃんとバターが塗られ、レタスの水分がパンにしみこまないように配慮されている。さらに切り方も絶妙で食べやすい。素材が吟味されており、それを一〇〇パーセント生かしてあるのだ。

また精がつくようにと用意されたローストビーフ。火加減が最高だった。中まで綺麗に火が通っているのに生肉感も残っている。最良の火の通し方をしている証拠であった。

この料理のレベルは、今朝方食べた朝食に匹敵する。いや、それ以上だ。

「…………」

ちらりとアリアローゼの姿を見る。

（……さすがにこれは屋敷の料理人に作らせたんだよな）

そのような疑惑の視線を送っていたのだが、それに反論するのはメイドのマリー。

「ふふふ、先ほどは胃薬と整腸剤を用意しなさいなんて言ってたけど、その料理を食べたあとでも同じ台詞が言える？」

「……まさか。でも、これ、料理人、もしくは君が作ったんだろう？」

「マリーは家事特化型メイド。料理は不得手なの。もちろん、お手伝いはしたけど、道具の用意をしたり、卵を割るくらいよ」

「……卵サンドに殻が入っていたのは君の仕業か」

「てへぺろ♪」

舌を出すマリー。可愛くないので話を続ける。

「本当にこのレベルの弁当を王女様が作ったのか」

「うん。アリアローゼ様は料理の天才だからね。最近はご自身でする時間も機会もないので控えているようだけど、王女はもともと、王都の下町で暮らしていたから」

「下町で？」

「うん。アリアローゼ様は妾の子。正妻に疎まれて、暗殺を逃れるために家臣の家で育てられたのよ」

「…………」

沈黙してしまったのは俺と境遇が似ているからだ。

「そこで家事や料理を一通り覚えたんだって」

「なるほどな。道理で美味いわけだ」

最後のサンドウィッチを食べ終え、コンソメスープを飲み干すと、王女に礼を言った。

「姫様、こんなに美味しいサンドウィッチ食べたことがない。ありがとう。最高の昼食だった」

「うふふ、お粗末様でした」

アリアローゼはそう言うと、試験までまだ時間があるので中庭を散策しませんか、と提案してきた。

悪くないのでその提案に従おうとするが、メイドのマリーがついてこない。

なにごとかと尋ねると、彼女は小声で、

「馬に蹴られて死にたくないの」

と言った。

人の恋路を邪魔すると馬に蹴られることを指しているのだろうが、まったく、余計な気遣いである。面倒なのでそのまま置いていくと、アリアローゼと中庭にある噴水に向かった。

王立学院の中庭は校舎と校舎の間にある。

その敷地は広く、芝生や噴水、花壇、温室まである。

全部散策すると夕刻まで掛かってしまいそうだったが、現役の学院生がいれば問題ないだろう。王女様と噴水をぐるりと回る。

ドワーフの名工が作ったと思われる彫刻の女神、彼女が肩に担ぐ瓶から、止めどなく水が流れている。勿体ないな、と思ったが、この水は循環されているのだそうな。

また急場には非常用飲料水になったり、あるいは消火用にも使えるのだという。

なるほど、そういう考え方もあるのか、と妙に納得していると、アリアローゼは俺をねぎらってくれた。

「試験、お疲れ様でございます」

「なあに、気にするな。ちょろいもんさ」

「ですが、目立たぬように最低限のラインであの高難度試験に合格するなんて大変そうです」

「まあ、多少はね。でも、慣れている」

「心強いお言葉です。さすがはわたくしと同じ〝落とし子〟ですね」

「さっきの会話、聞こえてしまったか」

「はい。たまたま、風の関係でしょうか」

「マリーに悪気はない。許してやってくれ」

「分かっています。彼女は誰よりも忠誠心に篤い。あなたを信頼してわたくしの出自を話したのでしょう」

「君も正妻に虐められていたんだな」

「はい」

「命まで狙われて」

「それはリヒト様も一緒です」

「女と男じゃ違う」

「しかし、その正妻、つまり先代の王妃は亡くなりました。もう、悩まされることはありません」

「代わりに〝欠落者〟としての烙印を押されたようだが」

「ですね。どこまでいってもわたくしは王家の異分子なのでしょう。実は一六歳の誕生日、わたくしは王位継承権を得るか、捨てるか、選ばなければなりません」

「王位継承権、ほしいのか？」

「まさか。王になどなりたいと思ったことは一度もありません」

「ならば放棄するのだな」

「いえ、放棄はしません」

「意味が分からないが」

「王位はほしくありませんが、王権はほしいです」

「贅沢三昧したい――わけじゃない、か」

　北の街での彼女の献身的な行為を思い出す。

　貧民街で難病に苦しむ人々に慈愛を以て接し、看病する様はまるで聖女のようであった。

　そんな彼女が贅沢や権力に関心を示すわけがない。ただ、それに付随する〝世界を変える力〟に興味があるのだろう。女王になればこの世界を変えられると信じているのだろう。

　その見解をアリアローゼに話すと、彼女はこくりと頷いた。

「はい。わたくしは女王になる。女王になってこの世界を変えたいのです」

「その気持ちは分かる。糞みたいな世界だからな。しかし、君は無力だ。権謀渦巻く王宮でどう戦う？　君は欠落者なのだぞ」

「欠落者ですが、この世界を変えたいという強い意志を持っています。それに世界最強の護衛も——」

「俺のことか」

「はい」

「買いかぶりだ」

「絶対にそのようなことはありません。あなたがいればわたくしはどこまでも飛翔できる。どこまでも頑張れるような気がするのです」

「…………」

「…………」


しばし互いに見つめ合うが、アリアローゼはそれ以上、会話を広げる気はないのだろう。

俺もこのことに触れる気はない。

俺の役目は王女の護衛、彼女を護るために王立学院の試験には合格するが、世界を変えるなどという大仰なことは自分にはできないと思っていた。その手伝いですら荷が重いのだ。

互いの本心は言わないが、なんとなく、忖度し合った俺たちは、そのまま試験会場へと向かう。ただ、最後に俺は彼女に振り向くと言った。

「アリアローゼ姫、君の崇高な意志は素晴らしいと思う。——その夢、叶(かな)うといいな」

その言葉にアリアローゼは肯定することも、否定することもなく、代わりにこう言った。

「アリア——、アリアです。親しいものは皆、そう呼びます」

俺にもアリアと呼んでほしいのだろう。

主(あるじ)と護衛としての間柄では許されぬような気がするが、その呼称を言えば、彼女の心が少しでも安らぐような気がしたので、彼女のことを「アリア」と呼ぶことにした。

「君の母親とは会ったことがないし、今後、会うこともかなわないだろう。しかし、君にアリアと名前を付けたのは正解だと思う。これ以上、似合う名前はない。きっといい母親だったのだろうな」

その言葉にアリアは笑みを浮かべる。

「わたくしもそう思っています」

中庭で咲く百合(ゆり)も恥じらうような穢れなき笑顔だった。

†

午後、昼食を取り終えると、剣技の実技試験となる。

魔法の試験はダマスカス鋼を斬り裂く、というものだったが、剣技の試験はより実戦的だった。ゴーレムを倒すのである。

ゴーレムとは泥で作った人形に魔力を封じ込め、動くようにした魔法生物のことである。

古代から盛んに作られているが、泥の他に木や鉄が使われることもある。

さて、今回はなんのゴーレムだろうか。

そんなふうに楽しみにしていると、試験官はゴーレムを披露する。

土褐色のごく普通の泥タイプのゴーレムに見えた。

「なんだ、つまらない」

そう思っているとアリアが声を張り上げる。

「あ、あれはガルガドス希土で作られたゴーレム⁉」

「ガルガドス希土？」

俺の疑問に答えてくれたのは試験官だった。彼は鼻高々に言う。

「これは学院の特待生（エルダー）が実戦を学ぶために特注した逸品だ。ガルガドス地方でしか産出されない希少な土をふんだんに使った人型殺戮（さつりく）兵器だ」

「なんだ、学生仕様か」

俺の答えに試験官はこめかみをひくつかせる。

「魔法の実技を妙な魔術で突破したからといっていい気になるなよ。これは特待生数人がかりで戦闘するように設計された逸品だ」

「卑怯です！　入学テストでそのようなものを使うなど、聞いたことがありません！」

アリアは俺のために抗議してくれるが、俺は気にしない。

「アリア、いいんだ。特待生は勝てるのだろう？　ならば問題ない。問題なのはこのテストでぎりぎり合格点を取るにはどうすればいいか、だ」

教えてくれないか？　皮肉気味な問いに試験官は青筋を立てる。

「どこまでも舐め腐りおって。いいだろう。教えてやろう。このテストは総合得点で判断される。討伐タイム、討伐方法、それらが得点源だ」

「討伐方法か。おそらくだが、ゴーレムの基本討伐方法が一番、得点が高いのかな」

「その通りだ」

「基本討伐方法？」

メイドのマリーが首をかしげる。

「ゴーレムに書かれている文字を消すんだ。ゴーレムは古代魔法文字で『胎児』と書かれているが、一文字消すと『死』になる」

「たしかに授業で習いました。まだ実践しておりませんが」

アリアがうなずく。

「まあ、それが基本だが、それが一番高得点だとそれは使えないな。——ちなみにこのゴーレムの平均討伐タイムは？」

「五分だ。一〇人がかりでな」

「ならば俺ひとりならば一時間ほど時間を掛けて倒せば、ぎりぎり合格にして貰えるかな」

「あほか、たしかにそうだが、逆に一時間のほうが難しいわ。ゴーレムの体力は無限、貴様は有限。一時間もしないうちに体力が尽きる」

「それはどうかな」

俺がそう言うと同時に試験が始まった。

ゴーレムはすごい勢いで突撃してくるが、俺はそれを闘牛士のようにかわす。

「やはり魔法人形は御しやすい」

笑みを漏らす。

それを見ていた試験官は、

「最初はそれくらいできる。疲れを知らない魔法生物、恐れを知らないゴーレムの恐怖、しかと味わえよ」

と笑った。

四〇分後――

試験官の顔は蒼白（そうはく）になる。

「な、なんだ、こいつ、化け物なのか」

王立学院で教職について数十年、長年、指導教員として職を続けてきたが、このような生徒は初めて見た。

リヒト・アイスヒルクという少年は四〇分にわたり、ゴーレムの攻撃に耐え続けているのだ。しかもただ耐え続けるのではない。自分からは攻撃することなく、ゴーレムの全力の攻撃をいなし続けているのである。

（このゴーレムは特注の中の特注だぞ。特待生（エルダー）の十傑を相手にするよう作られているというのに……）

特待生（エルダー）の十傑とは、王立学院でも十指に入るほどの実力を秘めたもので、将来の成功が約束された生徒たちだ。皆、卒業後はそれぞれの分野のエキスパートになる。魔術科のものは宮廷魔術師に、騎士科のものは近衛（このえ）騎士団に、それぞれのトップ組織に入る。そして多くのものがそれぞれの長になる。現在の筆頭宮廷魔術師も、近衛騎士団長も、皆、この学院出身だった。

　そんなエリートの中のエリートを相手にするよう作られたゴーレムを弄ぶように戦うなど、信じられなかった。

　特待生（エルダー）の十傑の中でもこのような戦いをできるものは限られる。

（……信じられん。こんな才能を持つものが中途入学、それも下等生（レッサー）を目指しているというのか？）

　ふつふつと怒りがこみ上げる試験官。実は試験官もこの学院の卒業生であった。一般生（エコノミー）として入学し、なんとか特待生（エルダー）になろうと、在学中、猛勉強に励んだが、結局、一般生（エコノミー）のまま卒業し、この学院の教員を目指すことになった。

　特待生（エルダー）はいわば、試験官の憧れ（あこが）だったのだが、この少年はそんなものはくだらないと鼻で笑っているのだ。それは酷（ひど）く試験官の矜持（きょうじ）を傷つけた。

　リヒトに言わせれば、学歴など犬も食わない、ということになるのだろうが、その態度がまた試験官を苛（いら）つかせる。試験官の劣等感を刺激するのだ。

　ふつふつと怒りが湧いてきた試験官は、禁じ手に出る。

ゴーレムの力をさらに解放するのだ。実は今のゴーレムの仕様は試合用なのだ。今からこのゴーレムを戦場仕様に切り替える。

（くっくっく、小僧め。死んでしまえ。試験中の事故は殺人には問えない。無論、俺の評価が下がるが、特待生(エルダー)を、いや、俺を小馬鹿にした罰だ）

試験官は躊躇(ちゅうちょ)することなく、戦場仕様に切り替えるボタンを押した。

するとゴーレムの動きは明らかに変わる。スピードが二倍になり、攻撃に破壊力が増す。ゴーレムの関節は軋(きし)み、身体(からだ)から煙を上げるほどであった。

もはやゴーレムはただの殺人マシーンと化した。これでリヒトは余裕など見せられまい。それどころかその命も散らすはずだ。

（その綺麗(きれい)な顔を吹き飛ばしてやる！）

試験官は心の中で叫んだが、その叫びは空(むな)しく響き渡ることになる。

五分後――

殺戮機械(ジェノサイド・マシン)と化したゴーレムはリヒトを圧倒することはなかった。

それどころか、

「……そろそろ五〇分か。本気を出すかな」

リヒトは、そう涼しげに言うと攻撃を開始した。

まずは右足の関節を攻撃。動きを遅くさせると、左足、右手、左手、と次々と関節をピンポイントに攻撃する。最小の動作、最小の威力でだ。それでゴーレムの機動力と攻撃力を奪うと、剣をするりと抜く。

輝かしい白刃(はくじん)が光る。

その剣でゴーレムの視界、単眼を突き刺すと、ゴーレムにとどめを刺す。

無論、ゴーレムは死ぬまで活動し続けるが、機動力、攻撃力、視界を奪われればどうしようもない。試験担当官たちはリヒトの勝利を宣言せざるを得なかった。三人いる審判のうち、ふたりまでがリヒトの勝利を宣言したあと、試験官は渋々、彼の勝利を宣言する。

力なく上がる勝利判定の旗。

試験官はまるで自分の生き方そのものまで破壊されたかのような敗北感を味わう。なぜならばゴーレムを破壊したリヒトは汗ひとつかいていないからだ。

このようにしてリヒトは勝利を得た。

しかも宣言したとおり、ぎりぎりの評価点で。

その事実は瞬く間(またたくま)に教師陣に知れ渡り、リヒトは入学初日から教師からこう二つ名されることになる。

最強の下等生（レッサー）と。

†

こうして俺は王立学院の下等生（レッサー）となったわけだが、通学自体は翌日からだった。となるとお姫様に丸一日授業をさぼらせたのではないか、と気になるが、彼女は笑って言った。

「今日は日曜日でございますよ、リヒト様」

「あ……」

俺としたことが失念していた。

エスターク家ではあまり曜日に根ざした生活をしてこなかった。

旅人になってからはカレンダーなど見たこともない。

曜日という概念を喪失しかけていたのだ。

その様を見てメイドのマリーはぷぷぷ、と笑う。

「小説家や高等遊民、もしくは引退したご隠居のようね」

「たしかに妹によく浮世離れしているというか、枯れているとまで言われていたな」

「話が合いそうな妹さんだこと」

「きっと朝まで話し込めるだろうな」

そのようなやりとりをしていると、メイドのマリーが離れていく。どこに行くんだ？と尋ねると、アリアが代わりに答えてくれた。

「マリーはリヒト様の入学手続きに行きます。事務棟に行くのでしょう」

「なるほど、じゃあ、我々は屋敷に戻っていいのかな？」

「まさか、王立学院の制服を着て、試験にも合格したのです。もう、勝手に外出することはできません。これからは外出手続きを踏んでくださいね」

「面倒くさいが了解した。でも、屋敷に戻れないんじゃ、どこに泊まればいいんだ？　野宿か？　まあ、敷地は広いし、材料はたくさんあるからテントくらいは作れるだろうが」

俺の言葉にアリアはくすくすと笑い出す。

「なにかおかしなことを言ったかな？」

「いえ、魔法や教養に関する知識は深いのですが、ちょっと世間の常識がないところが多いなと思いまして」

「エスターク城の箱入り息子なんだよ。ほとんどが書庫で手に入れた知識だ」

「ならば学生寮という言葉はご存じですか？」

「知っている。学生だけが集まって共同生活を行う場所のことだ。物語によく出てくる。一度、入ってみたいと……あ、そういうことか」

「そういうことですわ」

「俺は学生寮に入っていいのか」

「左様でございます」

　アリアはそう言うと、俺の手を引き、学生寮に案内する。

「この学院には大小三六の学生寮があります」

「多いな」

「全校生徒一〇〇〇人ですからね。基本、全寮制です」

「ということはアリアも学生寮に入っているのか？」

「はい。中等部の特待生（エルダー）向けの女子寮に入っていますわ」

「俺は下等生（レッサー）で、男子だから一緒には入れない。護衛できないな」

「ご安心を。特待生（エルダー）は従卒を付けることが許されています」

「メイドさんと一緒に住んでいるというわけか」

「その通りです。身の回りで困ることもありませんし、マリーの武芸は天下一品です」

「となると俺の役割は校内の見回り、火急の際に駆けつける態勢を維持する、でいいのかな」

「そのように御願(おねが)いします」

「御願いされよう」

と言って彼女に下等生(レッサー)の寮に案内してもらう。

下等生(レッサー)の寮は学院の南側にあった。朝日が目に染(し)みるだろうが、学院生の朝は早いので丁度いいのだぞうな。まあ、目覚ましはいらないということだろう。

学生寮に向かうと、気のいい中年の女性が、

「あんた、もしかして今日、入学するっていうリヒトちゃんかい？」

と尋ねてきた。

ドワーフの中年女性で、ほがらかにして気やすい態度の女性。いわゆる田舎のおばちゃんを絵に描いたようなタイプだ。

名前をセツというらしい。

セツはきやすい態度でぼんぼんと俺の背中を叩(たた)くと、

「学科長から聞いてるよ。時期外れの転入生がくるって。あんた、エスタークからきたんだって？」

と、ほがらかな笑みを見せた。

「……その近辺にあるアイスヒルクという街出身です」

身分を隠すために嘘をつく。

「そうかい、どちらにしろ、北の人だね。寒さには強いだろうが、今日はなんだか、底冷えするだろう。今、あたいがジンジャー・ミルクティーを作るから、待っていな」

そう言って厨房に向かおうとしたが、途中、戻ってくる。

「そっちの綺麗な特待生ちゃんは恋人かい？　入学早々にやるね」

と小指を立てる。

まったく、いつの時代の人だ。そんなふうに溜め息を漏らすが、アリアは悪い気分ではないようだった。

「普通の職員は下等生と特待生を恋人と結びつけようとはしません。慧眼の女性です」

「俺たちは恋人じゃないが」

「ですが、恋人よりも密な絆で結ばれた関係です。〝命〟を護って貰う関係ですから」

「なるほど、まあ、たしかに見る目はあるのかもしれない」

そう漏らすと食堂に向かう。おばちゃんが大声でやってこいと言ったからだ。

立派な食堂の椅子に座っていると、豆を煎って蜂蜜を添えた菓子と、ジンジャー・ミルクティーが出てくる。両者、なかなかの甘露だった。

「これを淹れるのはコツがあってね、ジンジャーをその場でみじん切りにするのさ。作り置きは駄目。香りが落ちるから。それに――」

延々と続くセツの話、このままでは日が落ちてしまいそうだったので、豆と飲み物を頂くと、「美味しかったです」と礼を言い、この寮の寮長に話を繋いで貰えないか頼んだ。

「ああ、そうだった。あたいはただの食堂のおばちゃん、寮長様に話を付けないとね」

「ジンジャー・ミルクティー、大変、おいしゅうございましたわ」

にこりと微笑むのはアリア。生来の品の良さが滲み出ている。

「お粗末様だよ。じゃあ、今から呼んでくるね。あんたら、寮長室は分かるかい？」

「一階の奥でしょうか？」

「その通り。そこで待っててておくれ」

セツは気やすく言うとそのままどこかに消えた。

†

俺たちは言われたとおりに寮長の部屋を探す。寮はとても広いが、寮長の部屋は一番奥、さらに一番豪華で大きいと相場が決まっている。探すのに苦労はしなかった。

途中、セツというドワーフの女性のバイタリティの話になる。

「それにしてもすごい女性でした」

「だな。ドワーフが街にきて働いているのも珍しい」

「北部ではそうかもしれません。保守的な土地柄ですから。しかし、この王都ではドワーフも珍しくありません。国中から出稼ぎにきています」

「そういえば街でエルフを見つけた。噂に違わぬ美しさだったな」

すらりとした体形、絹のような金髪、美しい顔の造形。まるで人形のようであった。

部族全体があのように美しいのなら、男たちはさぞ幸せだろう、と続けると、アリアは「ぷくぅ」と頬を膨らませている。おたふく風邪にでもなったのだろうか？

そのように考察しながら寮長室の扉を開けると、そこにはすでに人がいた。

お団子ヘアーをした妙齢の女性。年の頃は三〇から四〇くらいだろうか。年齢不詳であるが、間違いなく美人に分類される女性だった。

凜とした表情をし、縁のない眼鏡を掛けている。

彼女は書類に書きものをしていたが、俺たちに視線を移さず質問をする。

「この王立学院で寮長の部屋にノックもせずに入ってきたのはあなたが初めてです」

アリアは慌てて弁明する。

「申し訳ありません。料理人のセッという女性にここで待つように言われたものですから」

「――なるほど、たしかにわたくしがいない間に客人がきたら部屋で待たせて、と言いましたが、それは今朝のこと。わたくしはとっくに戻ってこうして書類仕事をしているというのに……」

ドワーフのセッはおっちょこちょいの上に、忘れっぽい人のようだ。困ったものだが、不思議と怒りは湧かなかった。人徳のなせるわざだろう。

「事情は分かりましたが、誰もいないと思ってもノックはするように。今のが試験でしたら、赤点ですよ」

「それについては深く謝罪します。歩きながら話していたもので、失念していました」

アリアはぺこりと頭を下げると、やり直します、と俺の手を引いて、いったん外に出た。

アリアは優雅な手つきで、コンコンコン、と三回ノックをする。

「どうぞ」

という言葉があってそのまま中に入ると、彼女は深々と頭を下げた。俺も真似をする。

寮長の鋭い声が響く。

「……ノックを三回したわね。それは意図的？」

「はい。王宮でそう習いました。相手がいるか確認する場合のノックは二回、いると分かっている場合は必ず三回するように、と」

「なるほど、さすがは王女ですね」

「恐縮です」

「しかし、そちらの黒髪黒目の新入生はあまり礼儀がなっていないようね。あなたよりも遅れて頭を下げたし、誠意もこもっていない」

「それは申し訳ない。俺は北部育ちだ。幼き頃から遊び相手は狼だった。狼はノックしないんだ」

「なるほど、北部人ね。ならば一回目は大めにみますが、二回目はなくてよ」

「分かっている」

「…………」

寮長様は睨み付けてくる。

「……分かっています。すみませんでした」

「エクセレント」

彼女はそう言うと席から立ち上がり、俺たちの前に歩み寄る。

なかなかに小柄だ。

威圧感があるのと、タマネギヘアーで大柄に見えたが、実際にはアリアよりも小さいくらいだった。

「あなたが噂の〝最強の下等生(レッサー)〟ね」

「噂ほど当てにならないものもありません」

「そうかもしれないわね。でもあなたの入学試験での活躍は聞いているわ。不正に試験を高難度にした試験官はクビ、ゴーレムを戦場モードにした試験官はノイローゼになった末、田舎に帰ったそうよ」

「それは不憫(ふびん)ですね」

他人事(ひとごと)のように言う。

「ええ、入学前に教師ふたりを再起不能にするなんて、聞いたことがないわ」

「大いなる誤解かと思われます。買いかぶらないで頂きたい」

「そうね。わたくしはあなたを買いかぶらない。たしかにとんでもない技術と魔力と知識を持っているようだけど、まだまだ子供。〝礼節〟がなっていないわ」

「それは自分でも自覚しています」

「わたくしはこの寮の寮長。それと同時に礼節の授業の講師でもあります。公私にわたり、びしびしと指導していきますが、よろしいですか？」

「……はい」

女偉丈夫のような威圧感。この人の言うことには従うべきだろうと思った。厳しい人であるが、恐ろしい人ではない。また理不尽な人でもない。この厳しさは生徒を思ってのこと、相手を成長させたいという気持ちからきているのだろう。

そう思った俺は深々と頭を下げると、手続きを済ませ、寮長室を出た。

寮長は書類決裁が終われば、このあと、直々に寮を案内してくださるのだそうな。それまで食堂で待っていろ、とのことだった。彼女の勧め通り、食堂に戻ると、ドワーフのセツが、にこやかに二杯目のジンジャー・ミルクティーを注いでくれた。

二杯目のジンジャー・ミルクティーもとても甘く、身体（からだ）を芯から温めてくれた。


——寮長室からリヒトとアリアが出ていくと、寮長であるジェシカ・フォン・オクモニックは書いていた書類から手を離した。そしておもむろに立ち上がると、

「——キャー‼　リヒト様、リヒト様！　超格好いい‼」

と黄色い声を放った……。

ジェシカは実は、先ほどの入学テストを見ていたのだ。

時期外れの入学生、それだけでも興味を抱くに値したが、もしも入学が決まれば、この三日月寮に入寮するのは必然であった。ならばその前にどのような人物なのか、知っておくのは悪くない、そう思って視察をしたのだが、まさかあのように〝格好いい〟人物だったとは。

試験官の高難度テストをすらすらと解く様は、まるで大賢者のように賢く、凜々しい。ダマスカスの鋼を斬る様は、古代の名工が作り上げた彫刻のように勇ましい。（特にあの上腕二頭筋がたまりませんわ）

最後に特待生仕様のゴーレムを倒す姿は、まさに圧巻、美の化身と武神を合わせたかのような姿だった。

正直、胸が高鳴り、弾む。女の部分がじゅんとしてしまう。

ジェシカは恍惚の表情を浮かべ、しばし思索にふけるが、しばらくすると頭を振る。

「いけない、いけない。生徒に特別な感情を抱くなんて、寮長失格よ。ジェシカ」

ジェシカは寮長という仕事に誇りを持っていた。

王立学院はこのラトクルス王国の将来を担う人材の供給場所。建国王が設立した由緒ある学び舎。エリートの中のエリートが通う学校だ。

そのようなものたちを教育することにジェシカは無上の喜びを感じていたが、同時に

〝美少年〟を愛(め)でることにもこの上ない喜びを感じていた。

ジェシカは無類の少年愛倒錯者なのだ。

自分の引き出しから書きかけの小説を取り出す。

学院のとある少年と教師の禁断の愛を描いた小説であるが、破り捨てる。あと五ページで完成だというのにである。

代わりに猛烈な勢いで、寮長×リヒトものの物語を書き始めると、「萌(も)え〜」と右の鼻穴から血を流した。

†

あの謹厳実直な寮長がそのような醜態を繰り広げているとは露知らず、食堂で待っていると、一時間後、彼女はやってくる。

無論、先ほどの冷静美女(クールビューティー)そのものだった。

縁なし眼鏡をくいっと上げると、

「さあ、案内しましょうか」

と冷静に言い放つ。

アリアと三人で俺の部屋を見に行く。

「通常、王立学院はふたり部屋です。しかし、あなたは中途入学なのでしばらくひとりで過ごして頂きます」

「姫様はメイドと暮らしているようだが」

「特待生（エルダー）は特別です。特待生（エルダー）は基本、ひとり部屋。従卒が住める部屋もついています。——従卒を雇えるのはそのものの経済力次第ですが」

「なるほどな。まあ、経済力があっても人と住むのはごめんだ。忍耐力は実家で使い果たした」

「まあ、あなたは下等生（レッサー）なのですから、その辺は気にしないでください」

「たしかにどのようなことになっても特待生（エルダー）にはならないから関係ないか。当面は同室相手が誰になるかだけ注意しておく」

「それが賢明でしょう」

ジェシカは、がちゃりと部屋の扉を開ける。重厚な扉は安っぽさを一切感じさせない。さすがは王立学院、下等生（レッサー）の部屋も十分豪勢に造られていた。

「ベッドがふたつに、勉強机もふたつ。それにクロゼットもあるな。ふむ、十分だ」

「粗末と嘆くものも多いのだけど」

ジェシカの言葉にアリアは同意しているようだ。「……これが下等生（レッサー）の部屋。初めて見ました」と、つぶやいている。

さすがは筋金入りのお嬢様、いや、お姫様。この部屋が粗末に見えるらしい。俺の実家の使用人の部屋を見たら腰を抜かすだろうが、指摘はしない。

それよりも部屋の使い方と、寮の規則を覚えたらしたいことがあったので、手早く規則を尋ねる。ジェシカ寮長の魔術の術式のような長たらしく、小難しい寮則を聞き終えると、ひとりになりたい旨(むね)を伝える。

寮長は「美少年がひとりになってなにをするのかしら……」と顔を赤らめているが、アリアは「分かりました」と従ってくれた。彼女も自分の寮に戻って明日の授業の準備をせねばならないらしい。

ふたりが部屋からいなくなると、荷物から紙とペンを取り出す。

机の上で手紙を書く。

妹への手紙だ。

落ち着いたら必ず書いて送ると約束した。就職と入学が一段落した今が、そのときだろう。そう思った俺はペンを走らせる。

「親愛なる妹へ――」

妹であるエレンとは十数年、一緒に暮らしてきた。手紙など書いたことはない。しかし、交換日記はしていた。同じ城で生活しているのに「交換日記？」とは思っていたが、彼女はどうしてもしたいとだだをこねたのだ。

「リヒト兄上様と交換日記がしたい、したい、したい～」

栗鼠（リス）のように頬を膨らませ、手足をジタバタさせる黒髪のご令嬢。

妹にそのような真似（まね）をされて、断れる兄は少数派だろう。（世間の兄妹（きょうだい）がどうなっているかは知らないが……）

なので日々、どうでもいいようなことを報告し合っていた。

エスターク城の中庭で秋桜（コスモス）が咲いた。

最近、社交界ではこのような形のドレスが流行（はや）っている。

リヒト兄上様はどのような形の下着が好みか。

九割が興味がないか、どうでもいいことだったが、女とはそういう生き物なのだろう、と返信をしていた。億劫（おっくう）ではあったが、安らぎは覚えていたので、苦ではなかったが。だから今も手紙を書く速度は早い。昨日、別れたばかりのように妹の顔を思い出しながら、ペンを走らせることができた。

まずはエスターク城を出てからの詳細の説明。

心配するので山賊のことは伏せるが、アリアとマリーのことは詳細に書く。

雇い主である心優しい少女のアリアローゼ王女。

そのメイドであるお転婆のマリー。

それにジェシカ女史のことも書くか。

城を出てから三人もの知り合いができたが、すべていい人たちだ、と書き添える。

それと現在、「王立学院」に入学し、王女の護衛をしていることも書き記す。

公言することではなかったが、妹には話しておかなければいけないことだった。

妹に秘密を持つのは後ろめたいし、それに彼女は口が堅い上に賢い。みだりに秘密は話さないし、誰に打ち明けるかも心得ている少女だった。

俺は黒髪の美しい妹を全面的に信頼していた。

「……さて、麗しの妹君は今、なにをしているのかな」

そんなことを思いながら手紙を書き終える。

そのまま封筒に入れると、赤い封蝋(ふうろう)をする。この学院の紋章が描かれた封蝋だ。王立学院の紋章は王家と同じ有翼の獅子(しし)。

出資者が王家なのだから当然だが、一応、違いはある。王家の有翼の獅子は大きく翼を広げているのに対し、学院のものは逆に翼が畳んである。混同しないようにするためであろうが、デザイン性は悪かった。

しかし、封蝋は封筒が閉じられればいいのだ。

それに「妹以外」のものに盗み見られなければいい。

そう思った俺は、封蝋に魔法を掛ける。

妹が持つペーパーナイフでしか斬り裂けないようにする魔法だ。いや、呪術の類いか。俺が作り出したオリジナルの術式なので、魔術的な手法で開けようとすると、二三五一年ほど掛かる仕様だった。

まあ、そこまでする必要もないのだが、長年の癖なので施しておくと、手紙を使い烏に託す。烏は先日、妹に託したものたちだった。基本、エスターク城で妹に飼われているが、定期的に俺の頭上を旋回するように仕込んである。

使い烏に干し肉を与えながら、窓を開ける。

三日月寮の窓から見える景色はなかなかに壮観だ。

建物群を密集させずに計算して配置されているし、木々や花々と溶け込むように配置されているからだ。

まっすぐに延びる道の奥には青空が広がっている。余分なものがないから道の先に空が見えるのだ。ドワーフの名建築家が設計したらしいが、そのセンスには脱帽するしかない。

どこまでも続く青い道に鳥を解き放つ。

無論、その足には手紙を入れた筒が括り付けられている。俺の鳥は特別製。野生動物に狩られる心配はないので、確実に届くだろう。

手紙を見た妹はどんな顔をするだろうか。

どのような返事をくれるだろうか。

それが今から楽しみであった。

†

翌日、朝日と共に目覚めると、そこは見知らぬ天井だった。

すぐにここが王立学院の三日月寮であることを思い出す。

先日から野宿が多かったので、天井があることに違和感を覚えたのだ。ただ、心地よくはある。なんだかんだで俺は城暮らしが長いのだ。天井がある生活に慣れきっていた。

冒険者を目指すのならばその慣れをなんとかしないといけないのだが、護衛として職を得たからにはそんな慣れなど必要ないだろう。

だから身体(からだ)を反転させると、枕に顔を埋(うず)め、二度寝をする――、ことはない。

なぜならばすでに脳は目覚め、筋細胞が瑞々(みずみず)しく活動していたからだ。

身体の中枢が運動を求めていた。

脳と身体が素振りの日課をしろと命じているのだ。

なので飛び起きると、歯磨きをし、身だしなみを整え、枕元に置いておいた神剣を握る。

『……ふぁーあ、おはよー、リヒト』

「おはよう、ティル」

『朝からなんだい？　もしかして朝から興奮しているの？　お盛んだね』

「そうだな。毎朝、素振りをしないとどうしようもない身体になってしまっている。悪いが付き合って貰(もら)うぞ」

『なるほどね。ワタシは優雅にティータイムをしてから目覚めるのだけど』

無機質の剣が飲めるわけないだろう、と思うが、口にはせず、寮の裏手に向かう。

そこは寮に続く通りから見えない場所。

誰にも邪魔されずに素振りができるだろう。

そう思った俺は上着を脱ぎ、上半身裸のまま素振りを始めた。

そのように爽やかな朝を過ごす。我ながら健康的で清らかだと思うが、そのような朝とは対極の過ごし方をしているものもいる。

この学院に、いや、この国に悪の根を張る奸臣どもの一派だ――。


ラトクルス王国財務大臣、ランセル・フォン・バルムンクの朝は早い。

御年五三歳の彼は健康に留意しているからだ。

父は五四歳、祖父は四三歳で亡くなっている。名門であるバルムンク侯爵家が末永く存続できるかどうかは、己の才覚と健康に掛かっていると思っていた。

ゆえに夜更かしや深酒の類いはしない。

朝日と共に目覚め、剣の稽古をし、庭の散策をする。

奇しくもリヒトとほぼ同じことをしているが、リヒトが己を高めるために行っているとすれば、バルムンクは己の野心を成就するために行っていた。

王国財務大臣バルムンクは、この王国を裏から支配することを望んでいた。

王選定者となり、王国の権力を一手に握り、この国を我が物とするのがバルムンクの悲願であり、野望なのだ。

そのためには長生きをしなければならない。

バルムンクには息子が三人ほどいるが、どいつも頼りない。

自分のような知謀や野心がないのだ。バルムンクの領地と爵位を継いでも大したことはできないだろう。だからこそ自分の代でこの権力を盤石にしておかねばならなかった。

侯爵家といえども永遠ではないのだ。

そのことを肝に銘じながら、バルムンクは日課の素振りと散歩を終えると、朝食を食べる。

メイドたちに汗のしみこんだシャツの着替えをさせながら食堂に向かう。

着替え終え、席に座ると一流の調理人が作った朝食が。

バルムンクは王国貴族であり、権力者であったが、その食事は質素。

朝食のメニューはサラダとゆで卵、シチューとパンだ。

健康のためであるが、世界一の金持ちになったとしても食べられる量は定まっているのである。

ただ質素ではあるが、吟味はされている。

鶏卵は今朝、契約農家から届いたばかりのものだし、野菜や肉も同じだ。最上質のものを選り(え)すぐっている。シンプルなメニューであるが、一食で庶民の一ヵ月分の食費が掛かっているだろう。

バルムンクはそれらを上品に、ゆっくりと口に運ぶ。

半熟ゆで卵の黄身の部分にトリュフソースを掛け、じっくりと咀嚼し、味わう。

たっぷり三〇分掛けて朝食を終えると、アイロンの掛けられた新聞が置かれる。サン・エルフシズム新聞、ヒューマン・エルゴ、ドワーフ・タイムス、王都で発刊されている主要新聞社の新聞はすべてある。その中でも気に入った記事だけを見ていると、執事が声を掛けてきた。

「――バルムンク様、王立学院に忍び込ませていた教師より報告がありました。アリアローゼ王女が帰還したそうです」

「ほう、盗賊をはね除けたのか」

「はい。申し訳ありません。下賤のものどもは失敗したようです」

「気にするな。やつらは無能ゆえに下賤なのだ。最初から期待していない」

「は――」

「期待はしていなかったが、思ったよりも早く帰還したな。なにかあったのか？」

「さすがはバルムンク様です。やつら道中、腕利きの護衛を雇ったようで」

「護衛か」

「はい。リヒト・アイスヒルクという剣士を雇ったようです。――凄腕のようで」

「王立学院の中途入学試験を〝実質〟満点で合格しています」

「実質とはどういう意味だ？」

「記録上は合格点ギリギリなのですが、採点をした試験官によると、仕様上、そうなっているだけで、本来ならば余裕で満点合格だったそうです。それを証拠に我らが送り込んでいた試験官が全員、処断されるか、あるいは心を病み、退職しております」

「面白い男が入学したものだな」

「笑っていられるのも今のうちかと。過去、王立学院の入学試験で満点を取ったものは三人しかおりません」

「しかし、その麒麟児たちも過半がおれの風下に立っているではないか」

「左様ですが……」

「まあいい。おまえの心配性は今に始まったことではないからな。そうだな、我が家の蔵に〝神剣〟がいくつか転がっていたな」

「はい。処分に困っていたものです」

「それを王立学院のものに渡せ」

「な⁉　たかが王立学院のものに神剣を渡すのですか⁉」

「違う。生徒に渡せ。おれもあそこの出身者だ。あの学校は気位が高く、血気盛んな若者が多い。小僧──、リヒトとかいったか。そのように目立つものが入学したのならば、自然といいざこざになるだろう。そうなれば必然的に決闘になるはずだ」

「たしかに！」

「そのとき、その生徒が神剣を持っていれば、〝不慮の事故〟でその若者が死ぬこともあるだろう。そうなれば重畳だ」

「決闘での死は誰の責任も問わない、それがこの国の法ですからな」

「そういうことだ」

バルムンクはにやりと笑う。

禿頭（とくとう）の執事も同様に底意地の悪い表情を浮かべると、主（あるじ）の謀略に心から敬意を表した。

リヒトとバルムンク、対極的な朝を送ったわけであるが、共通点は多い。

どちらも早起きで、どちらも〝神剣〟を持っているという共通点だ。

バルムンクの蔵には数本の神剣があり、リヒトが稽古で振るっている剣もまた神剣だった。

数日後、神剣同士が相まみえることになるのだが、両者はまだその運命を知らない。

バルムンクはリヒトが神剣を持っていることを知らなかったし、リヒトはバルムンクが小賢しく蠢動していることを知らなかったのだ。

しかし、リヒトの持つ神剣ティルフィングだけは違った、彼女は運命めいたものを感じながらリヒトの稽古に付き合っていた。

『この学院にはワタシと同じ匂いを持つものがたくさんいるみたい。さすがは伝統と格式がある王立学院』

ティルフィングは珍しく真剣にそう漏らしたが、数秒後にはいつものお気楽さを取り戻していた。

『ま、他に神剣がたくさんあってもどうでもいいんだけどね。なぜならば最強の神剣はワタシだし、それに——』

と続けるとティルフィングはこう結ぶ。

『ワタシのマスターは最強の剣士。ダマスカス鋼を斬り裂き、ゴーレムを一刀両断する化け物。最強のワタシに選ばれた、〝最強不敗の神剣使い〟なんだから』

その言葉はリヒトの耳には入らない。ティルフィングが心の中で言った言葉であったからだ。それにリヒトは朝の稽古に夢中だった。玉のような汗をかきながら、無心に剣を振るっていた。

最強の上に、稽古も手を抜かない。そりゃあ、不敗になるよ、そう思いながらティルフィングは歴代最強の主を見下ろした。

†

日課の素振りが終わると、俺は汗を拭き、自室へ戻る。

その途中、寮長のジェシカが曲がり角から俺のことを覗き見ていることに気が付く。

もしかしてなにか粗相があったのかな、そう思って声を掛けてみるが、彼女は顔を真っ赤にし、

「ここは男子寮ですが、そのように汗臭い格好で歩かないでください」

と言って去って行った。

たしかに素振りをすると大量の汗をかく。シャワーを浴びてから登校すべきだ。

いや、その前に朝食か。

健康的な男子である俺はそれなりの健啖家。運動量が異常に多いのでそれなりの食事量を取らなければ倒れてしまうのだ。

エスターク城では妹たちとは別の食堂で食べていたが、俺の食事量を見た妹のエレンは、

「リヒト兄上様は牛ですか！」

と言っていた。

要は胃袋が三つも四つもあるのでは、と疑われていたのだ。

もちろん実際にはひとつしかないはずだが、食べるときはパンを丸々一斤は食べてしまうので、そう表現されても仕方ない。

今もとても腹を空(す)かせており、いくらでも食べられる状況だった。

「三日月寮の朝食はお代わり自由だといいが」

そんなことを思いながら、シャワーを浴びると、制服に着替え、食堂に向かった。

三日月寮の食堂は、寮生の半分ほどが同時に食することができる広さを持っている。時間制で残りの半分はあとで食べるようだ。

今は後半の寮生たちが食べる時間のようだが、彼らはすでに思い思いの席に着き、朝食を食べていた。軽く見渡すが、ビッフェ形式ではなく、用意された分のトレイを自分で運ぶ形式だった。

「……お代わりは無理そうだな」

ぎゅる～と腹を鳴らすが、食べないよりはまし、と食堂の御婦人に朝食のトレイを貰(もら)う。

メニューはパンとスープとミルクと林檎(りんご)だった。駄目元で多めにと言うとパンを一個オマケしてもらった。

食堂の後方からドワーフのセツがVサインをしている。どうやら彼女は俺がハラペコキャラだと察してくれているようだ。とてもありがたい。入寮初日からとても心強い味方を得たようだ。意気揚々と席に着こうとするが、途中、寮生たちの視線が俺に集中していることに気が付く。

時期外れの入学生、それに朝から食欲旺盛だから目立つのだろう。

食堂が軽くざわめく。

やれやれと思いつつ食堂の席を確保しようとするが、俺が椅子を引くと、その椅子をさらに引くものがいる。要は俺を着席させる気がないようだ。嫌がらせというか、明らかに喧嘩（けんか）を売られているようで。

「椅子を返してくれないか？」

控えめの苦情を入れると、椅子を奪った生徒はにやにやと言い放つ。

「椅子を返せだと？　この薄汚い下等生（レッサー）がなにか言ってるぞ。しかも人間の言葉を放ってやがる」

取り巻きの連中は腹を抱えて笑う。

どうやらこの男は俺が下等生（レッサー）なのが気にくわないらしい。

「この寮は一般生（エコノミー）と下等生（レッサー）が住んでいると聞いた。ミス・オクモニックはこのふたつに身分差はない。受ける授業は多少の違いはあるが、三日月寮では平等と言っていたが？」

「は！　相変わらず口清いことしか言わないな、あの行き遅れ寮長は。たしかに学則でも寮則でも一般生（エコノミー）と下等生（レッサー）は平等に扱うべし、とある。だから同じ寮に押し込められているんだ。しかし、それは建前だ！」

「ほう」

　興味なさげに言う。

「おまえは一般生（エコノミー）と下等生（レッサー）、卒業後の就職がどうなっているか、知っているか」

「寡聞にして知らないね」

「ならば教えてやろう。一般生（エコノミー）の就職率は六三％だ。残りの三六％はあえて就職しない。貴族として領地を継ぐ、嫁ぐものもいるからな。実質就職率は九九％だ。一方、下等生（レッサー）の実質就職率はそれを遥（はる）かに下回る八〇％だ。これが世間の評価なんだよ」

「なるほど、それが世間様の評価というやつか。覚えておくよ」

　暖簾（のれん）に腕押しと感じたのだろう。一般生（エコノミー）は語気を強める。

「おまえたち下等生（レッサー）は劣等種なんだよ」

　一般生（エコノミー）はさらに声を荒らげる。

「まだ、分からないのか！　おまえたち下等生（レッサー）は立って飯を喰（く）えって言ってるんだよ」

「それはできないな。意外と育ちがいいのでな。粗野な真似はできない」

「なんだと⁉　貴様、一般生の俺に逆らうのか？」

「やっと気が付いてくれたか」

酸味と皮肉に満ちた回答をすると、一般生の男は怒り狂う。

椅子を投げ飛ばしてくる。

さっと紙一重で避けると、朝食をテーブルの上に置く。

一般生の生徒に名を尋ねる。

「おまえ、名前は？」

「まずは自分から名乗れ、下等生」

「それは失礼した。俺の名はリヒト。リヒト・アイスヒルク」

「下等生にしては上等な名前だ。喧嘩を売られたからには買うが、おまえが負ければそのご大層な名前の間に、糞と付けろよ」

「ああ、ついでにおまえの母親の名前も付けるさ」

その挑発に男は顔を真っ赤にする。

「いい度胸だ。俺の名はヴォルグ！　ヴォルグ・フォン・ガーランドだ。男爵家の跡継ぎ」

「お貴族様でしたか、しかし好戦的な男だな、父上が雇ってくれた家庭教師は学院で不要な争いはするな、と教えてくれなかったのか？」

「そのような軟弱な教えは受けたことがない。おまえのような下賤な輩には剣を。それがガーランド家の教えだ」

「それは決闘を申し込むと受け取って構わないか？」

「それ以外の解釈など許さん！」

「いいだろう、決闘を受けよう」

「勝負はどうする？」

「そうだな、《水球》の魔法でいいんじゃないかな」

「水球だと⁉」

ヴォルグは意外な顔をする。

水球勝負とは水の中でする球技のことではない。しかし、この世界ではそれに近しい意味を持っている。水球勝負とは互いに《水球》の魔法を出し合って、その強さを競い合うのだ。

水球の魔法は文字通り水の玉を作り出す魔法。

水属性の初級中の初級魔法。幼児が最初に覚える呪文と呼ばれているものだ。

水の球を作り出し、それを操るのだが、水を作り出すのは術式の基礎、コントロールは精神集中が試されるので、基礎訓練にはぴったりだった。

また水の球なので人にぶつけてもそれほど痛くはない。少なくとも致死性の攻撃にはなり得ない。子供が使っても安全だからという理由で基礎魔術目録に記載されている魔法だった。

さて、そんな幼稚な呪文であるから、思春期の魔術師にはあまり人気がない。

子供っぽいというか、役に立たない魔法だと思われているのだろう。

子供っぽいかは感性の分野だから突っ込まないが、役に立たないかといえばそうでもない。火事の際は消火魔法となるし、魔法の水球はクッションにもなる。

子供の頃、木登りが好きだった妹のエレンが木から落ちた際、とっさに《水球》を唱えて彼女を救ったことがある。もしもあのとき水球を覚えていなかったら、妹は大怪我(けが)をしていたかもしれない。

そのように俺は水球を基礎魔法であるが、大事なものとして認識していた。

ただ、ヴォルグは水球の魔法を評価していないようで……。

「《水球》だと……今時、初等部のガキでもそんな魔法で決闘はしない」

「《衝撃》の魔法を使ってもいいが、さすがに食堂でそれはな。騒ぎが大きくなったらおまえも困るだろう?」

ヴォルグは騒然となる周囲を見渡す。「たしかに」とつぶやく。

「……いいだろう。おまえに提案されるのは癪だが、結局、地面に這いつくばることになるのは変わらない」

這いつくばるのはおまえのほうだ、と口にすれば激怒し、話が進まなくなる。この手の輩は実力で分からせるのが一番だった。

——ただ、俺は北方の田舎もの。ここは王立学院。やつは一般生というやつらしいし、案外、実力者という可能性もある。井の中の蛙、大海を知らず、という諺もあるのだ。気を引き締めることにする。

身体から力を抜き、魔力が通りやすい下地を作る。

身体に魔力が溜まり始める。薄もやと共に青いオーラを纏う。

適度な距離を取ると、ヴォルグは呪文の詠唱を始める。

勝負開始の合図はヴォルグが選出したものにした。どのみち、ここには知り合いもいないし、開始に細工をされてもどうにでもなると思ったのだ。

ただ、案外というか、意外というか、勝負開始前に攻撃を始めるなどの小細工はしてこなかった。特権意識に凝り固まっているだけで、卑怯なことは嫌いなのだろうか。

あるいはそのようなことをしなくても勝てる、と踏んでいるのかもしれない。

それは大いなる誤解なのだが。

一般生(エコノミー)の実力は未知数だといったが、この手の輩の実力はよく分かっていた。身体を動かすよりも口を動かす手合い。生まれ持って与えられたものしか盲信できない手合い、この手合いが強かった例(ため)しなど、一度もない。

それにやつのオーラは目をこらして見なければいけないほど、微弱だった。能力を隠しているわけでもなく、全実力を出し切ってもこの程度なのだ。

この実力差ならば、どのように手を抜いても、ずるをされても負けようがなかった。

俺はヴォルグが先に水球を完成させるのを待った。

やつはかたつむりが喜びそうな速度で水の球を完成させると、にやりと口元を歪(ゆが)ませた。

なにがおかしいのだろう。尋ねてみる。

「そんなことも分からんのか。おまえはいまだに水球を完成させられないではないか」

わざとだよ、それも分からないのか。レベルの低さに吐息も出ない。

そんな俺の心などまったく考えずにヴォルグは吠(ほ)える。

「ふははは!、それ見ろ、この水球の大きさを。この大きさの水球を作れるのは一般生(エコノミー)でも限られる」

「なるほど、それが一般生(エコノミー)の実力か……」

ならば先ほどの杞憂(きゆう)はやはり不要だった。今後、どんなやつらに絡(から)まれても安心だ。

そう思った俺は、ヴォルグを倒すことにした。

それも容赦なく、一切の手を抜かず。

どれだけ実力が離れているか、ヴォルグと彼に類する生徒に分からせるため、二度とこのように絡んでくる生徒が現れないようにするためである。

快刀乱麻を断つかのように呪文を詠唱する。

その速度はヴォルグの一〇倍、術式はさらに高度で複雑、この食堂で聞き取れるもの、理解できるものは皆無だ。傍目(はため)からは俺が意味不明な言語をつぶやいているように見えるかもしれない。しかし、俺の水球はただの水球ではない。幼き頃から研鑽(けんさん)を重ね、威力を高めた水球だ。ヴォルグとは比べることもできないほどの高性能だった。

〝大きさ〟がではない。〝質〟が相手を圧倒していたのである。

「ふははー！　喰らいやがれ！　俺の究極の水球を‼」

ヴォルグは大口を叩(たた)きながら水球を繰り出す。

俺目掛けて飛んでくる水球の大きさは人体の胴体部分くらいだろうか。一方、俺のそれは頭部くらいの大きさだ。そのことをヴォルグは勝ち誇るかのように指摘する。

「見ろよ、この大きさ。この差こそ才能の差だ！」

「態度の差じゃないか？」

小馬鹿にした返答をすると、ヴォルグは青筋を立てる。

ふたつの水球、大きさこそ大人と子供ほどの差があったが、威力がまったく違う。

ヴォルグのそれが小川のせせらぎだとしたら、俺のそれは急激に落下する滝のようなものか。それくらいに差があった。

そのように心の中で解析すると、腰の神剣は（ちょっと吹かしすぎじゃない？）とツッコミを入れてくる。彼女は人の心まで読めるようだ。

「大言壮語は俺らしくないか」

自嘲気味に言うと、目前の決闘に集中する。言葉ではなく、実力で〝差〟を示そうと思ったのだ。ヴォルグの水球のど真ん中に己の水球をめり込ませる。

「馬鹿め！　そのような小さな球で挑むなんて。物理法則も知らんのか？」

嚙（か）ませ犬らしい言葉を漏らすヴォルグ、その表情は醜く歪んでいる。

「物理法則を語るのも結構だが、魔術の勉強をもっとしろ。水球の強さは大きさじゃないんだよ」

諭すように言うと、俺の水球がヴォルグの水球を穿（うが）つ。やつご自慢の大きな水球の中央に穴が開く。その光景を見たヴォルグは表情を失う。

「な、なんだと⁉」

馬鹿な、と続く。勉強だけでなく、現状認識能力も劣っているようだ。

現実を言語化して説明する。

「おまえの水球は破壊されたんだよ。俺の水球に」

事実、やつの水球は四散し、俺の水球が宙に漂っている。

「ば、馬鹿な。俺は一般生(エコノミー)の上位クラスだぞ……」

「相手が悪かったな」

「あ、有り得ない。こんなこと有り得ない！」

ヴォルグはそう叫ぶと、再び、水球の魔法を唱え出す。そのことを非難する周囲の生徒。

通常、決闘で水球を破壊されたものはその場で負けを認めなければいけないのだ。

「う、五月蠅(うるさ)い！　俺は一般生(エコノミー)だ！　貴族だ！　平民の下等生(レッサー)などに負けるものか！」

その言葉、汚辱に満ちた言葉に、周囲の生徒の中からも反感の声が上がる。この寮には下等生(レッサー)も平民も大勢いるのだ。

決闘に負けた上に、悪あがきをするヴォルグを見て、周囲の取り巻きも引き始めた。もはやこの食堂にやつの味方はいない。

「義によって助太刀する」

中には義憤を感じ、そう申し出る生徒もいたが、それは丁重にお断りする。

「あの程度の輩、どうにでもなる」

「しかし、ヴォルグのやつは気が立っている。もはや《水球》ではない呪文を唱え始めているぞ」

見ればやつの右手には赤いオーラが見えた。徐々に炎が取り巻いている。どうやら《炎嵐（ファイア・ストーム）》の魔法を唱えようとしているようだ。たしかに室内で炎嵐の魔法とはもはや分別もつかないと見える。怒りで我を忘れているのだ。

ならばこちらも〝少し〟本気を出すか。やつに遅れて呪文を詠唱する。高速、短縮詠唱だ。

すると先ほどと同じように蒼（あお）いオーラを纏う。

「おい、炎嵐に水球で対抗するつもりか？」

助太刀を買って出てくれた生徒が俺に問う。

「そのつもりだが？」

「そんなの無茶だ？」

「まあ、そうだろうな」

ただの〝学生〟の常識ならば、だが。

しかし、俺はただの学生ではない。〝最強不敗の神剣使い〟にして、王女の護衛なのだ。

そう心の中でつぶやくと、呪文の詠唱を終える。

すると俺の周りに水球が現れる。

先ほど作り出した水球よりも遥かに小さなものだった。

ただ、それを見た他の生徒たちは、絶句する。

皆、表情を固まらせる。

有り得ないものを見ているかのような視線を俺に送ってくる。

とある生徒はつぶやく。

「あ、有り得ない」と。

なぜならば俺の作り出した水球はひとつではなかった。

ふたつでもない。もちろん、みっつでもない。

そのようなせせこましい数字ではなく、俺の周囲に現れた水球の数は、

「六五五三五個」

であった。

小粒とはいえ、絶対に有り得ない数の水球を生み出したのである。

ヴォルグはうめくように叫ぶ。

「ば、馬鹿な、お、おれは夢でも見ているのか」

「これは現実だよ」

「あ、有り得ない。導師クラスの魔術師とてそのような数は無理だ。特待生(エルダー)だって無理なはず」

「ならば俺はそれ以上なのだろう。――いい加減、面倒だから、おまえの火遊びごと消させて貰(もら)うぞ」

そう言い放つと相手の許可を得ることなく、水球を放つ。

六五五三五個の水球は、たしかな意志を持ってヴォルグに襲いかかる。

彼は《炎嵐》の魔法で抵抗するが、それはマッチ棒で大河の流れを変えるようなものであった。彼の炎はあっという間に消火され、水球の群れに呑(の)まれる。

水の塊は濁流のようにヴォルグに襲いかかり、彼を吹き飛ばす。

水球の勢いは凄(すさ)まじく、やつは身体を壁にめり込ませ、首を曲げて死ぬか、頭部挫傷で死ぬはずであった。

しかし、俺にその意志はない──。

このようなところで人を殺す道理がなかった。

二五六個の水球にあらかじめ先回りをさせていた俺は、それを展開させ、クッションを作る。ヴォルグが壁に叩き付けられないように配慮する。

昔、妹が木から落ちたときの要領である。

こうして命を救われたヴォルグであるが、感謝はしなかった。

性格がねじ曲がっているからではない。気絶していたからである。

壁に激突するのは避けられたが、それでも水球の威力は凄まじかったらしい。彼の意識を根こそぎ奪っていた。

その姿を見て俺は愚痴をこぼす。

「やれやれ、いったい、誰がこの食堂を掃除すればいいのやら」

見ればヴォルグが暴れ回ったゆえ、至る所に食べ物や食器が散乱していた。俺は細心の注意を払っていたから、すべてやつの責任である。

途方に暮れる俺だが、食堂にいた生徒たちも途方に暮れていた。

皆、「とんでもない下等生(レッサー)が入学してきたものだ」と度肝を抜かれていた。

火の粉を払い終えると、預けておいた朝食を優雅に取る。

爵位はないが、城育ち。朝食は優雅に取るものだと教わって育ったので、できるだけ優雅に時間を掛けて食す。

†

するとで遅れて教師たちがやってくる。どうやらやっと騒ぎを聞きつけたようで現場に残った生徒たちに事情を聞いている。

その光景を他人事のように見ながら、パンとスープを口に運んでいると、先ほど俺に声を掛けた生徒が耳打ちする。

「呆れたな。──その実力にもだが、こんな状況で優雅に飯を喰う態度にもだ」

「褒められたと思っておこう」

「褒めているんだよ。おまえのような生徒は初めて見た」

そう言うと男子生徒は豪快に笑い、「はっはっは!」と俺の背中を叩く。気やすい男だ、と思ったが悪い気はしない。この男はどこか憎めない。公園にあるガラガラのベンチの隣にいきなり座ってきても、不快に感じないタイプだ。

俺は手を拭くと、それを差し出す。

「初めまして。俺の名はリピト。リピト・アイスヒルクだ」

「リヒトって言うのか。格好いいな。姓も詩的だ」

「自分でも気に入っている」

美しい王女から頂いた姓はとても綺麗だった。

男子生徒は俺の手を握り返すと、白い歯を見せ、握手をする。

とても力強い。おざなりではない握手だった。

「おれの名はクリード。おれも平民だ。そして下等生」

下等生という言葉に負の感情はない。必要以上に劣等感を持っていないのだろう。それどころか誇らしさが見える。

「おれの場合は平民で魔力が少ないから、どうしても下等生になるしかなかった。それでも王立学院を卒業してやりたいことがあるんだ」

それがなんなのか、クリードは語ってはくれない。

騒がしいこの場で語るには相応しくないと思ったのだろう。

彼はぽんと俺の肩を叩く。

「さて、相棒、教師どもに説明に行くか」

「だな。騒ぎを起こしたのは事実だ。しかし、入学初日からこれか」

溜（た）め息を漏らすとクリードは笑う。

「気にするな。みんな、胸がすいたぞ」

「そうなのか？」

「ああ、おれたち下等生（レッサー）は一般生（エコノミー）に常に馬鹿にされ、差別されているからな。食堂の一角、狭いところに押しやられ、喰う時間も決められている」

「寮長はそのような差別、駄目だ、と言っていたが」

「無論、表向きはな。しかし、現実と理想が一致していないなんてどこにでもあるだろう？」

「――たしかに」

先日、北の街アイスヒルクで見た光景を思い出す。この王都はとても豊かであったが、アイスヒルクは違った。少なくとも姫様が炊き出しをしていた教会の周囲は対極的だ。廃墟（はいきょ）のような建物、見窄（みすぼ）らしいあばらや、それらに住む人々の瞳からは、光が失われていた。

一方、この王都、――少なくとも大通りや宮廷周辺には、「貧困」の影もない。皆、豊かで健やかな日常を過ごしていた。

その差はいったいなんなのだろう。そんな青臭い考察をしてしまうほど、対極的な世界が並立する。

持てるものは「貧困や差別は怠けもの特有の病」と言い張り、差別を受けるほうもそうであると〝信じ込まされて〟いる。

その矛盾を解決しようとしているのが、我がお姫さまアリアローゼなのだ。

勇気を持って財務大臣バルムンク卿に反抗し、己の正義を貫く戦乙女の姿を思い浮かべる。もしも俺に彼女の万分の一でも勇気があれば――と思わなくもない。

彼女の志に感化されてその護衛となった。もしかしたら俺も彼女と同じような強い生き方ができるのではないか、と思ったのだ。

改めて主のことを思い出すと、周囲を見渡した。

教師に「俺が無実であると必死で訴える下等生たち」。半分は一般生への反発であるが、半分は勇気のなせる業だ。少数派で立場が弱い彼らがあのように上位者に反発するのは、勇気のいる行為だった。

俺は彼らに報いるため、教師の前に出て、事情を説明する。

教師たちは入学初日からトラブルを起こした俺に好意的ではなかった。

生徒指導室にくるように厳命される。

しかし、そこに行くと、意外にも寛大な処置が待っていた。

「お咎めなし」と言われたのだ。

下等生たちの嘆願が効いたのだろうか。生徒指導の教師に尋ねてみる。

彼はゆっくりと首を横に振る。

ならばなぜ？　と問うと、彼は窓の外から景色を見ながら、

「アイスヒルクか。いい街だな。私が幼き頃に暮らしていた街だ」

と続ける。

なんでも彼は北の街アイスヒルク出身らしい。しかもそこの貧民街出身のようで……。

苦学して王立学院の教師にまでなったそうだが、幼き頃、アイスヒルクの聖教会の教区長に世話になったのだそうな。

「君のお姫様がしたことはすべて知っている」

と間接的に俺に感謝を伝えてくれた。

ただ、苦学して立身したものらしく、依怙贔屓をするような人でもないらしい。

「今回はヴォルグが全面的に悪いが、だからといって常に君の味方ではない」

と注意を喚起してくる。

「それと登校は明日からにしてくれ」

とも言った。

公明正大で信頼できる人物に見えた。彼のような人間に返すべき言葉は限られる。

「主の名を辱(はずかし)めないように生きて参ります」

その言葉に、生活指導の教師は満足したようだ。

寡黙な表情を崩し、にこりと微笑(ほほえ)んだ。

第三章

神剣に選ばれし少年

†

食堂での騒動から一夜明ける――。

入学初日に騒動を起こした俺だが、下等生(レッサー)の級友や生活指導の教師の心配りによって無罪放免となった。無論、一般生(エコノミー)たちは敵愾心(てきがいしん)を燃やしてくるが、思ったよりも嫌がらせはなかった。

ヴォルグが無残にして惨(みじ)めに返り討ちに遭ったという話は、彼らの中にも伝わっているようで、同じ轍(てつ)を踏もうという輩(やから)はいなかったのだ。

「多少なりとも知恵は回るようだ」

と評するが、ゆえに厄介かもしれない。今は様子を見ているだけで、今後、「俺を追い落とせる」と判断すれば徒党を組んで襲いかかってくるかもしれないからだ。

「まあ、あの手合いが何人来ても恐れることはないが」

そのようにつぶやくと、王立学院の学生生活になじむことを心がけた。

王立学院は初等部、中等部、高等部に分かれている。各学部、二~三年所属し、一定の成績を修めれば進級できる制度だ。俺は一五歳だし、中途入学なので中等部生徒となる。

アリアローゼ姫と同じ学年である。

クラスも同じである。

神の配慮だろうか、と一瞬思ったが、小悪魔のようなメイドさんが補足してくれる。

「王族をなめないでよね。それくらいの融通は利かせられるんだから」

ドヤ顔のマリー。どうやら裏でなんらかの力が働いていたようだ。

面倒なので細かいことは聞かないが。

ただ、ヴォルグについては聞いておきたかった。怪我をしていないか、気になったのだ。

「六五五三五個もの水球をぶつけておいてそんなこと聞く？」

「あれでもいたわって攻撃したつもりなんだがな」

呆れながらもマリーは詳細を教えてくれた。

「全身の骨を折ること六ヵ所。ただしどれも致命傷ではないわ。誰かさんがいたわってくれたおかげで」

「なるほど、ならばいい。やつの人生になんら責任はないが、後遺症でも残されたら目覚めが悪い」

「後遺症はともかく、ベッドの上で念仏のようにあなたを呪詛しているそうよ。回復したら襲い掛かってくるかも」

「ならば今度は七ヵ所ほど骨を折るよ」

そう返すとヴォルグのことは忘却する。さわやかな朝にあいつの顔を回想するのはもったいないと思ったからだ。それくらい学院の緑は心地いい。

さて、同じクラスになったからには、姫様と一緒に登校してもいいだろう、と一緒に歩みを進めるが、途中、視線に気が付く。

（……護衛としてさっそく出番かな）

あまりにもな視線に最初、戦慄するが、その視線のおかしさに気が付く。

（おかしい……。姫様ではなく、俺に視線が集まっている）

もしかして手練（てだ）れの暗殺者なのだろうか？

通常、暗殺者は標的（ターゲット）に集中する。

暗殺に熱中するあまり、周りが見えないパターンが多いのだ。

しかし、熟練の暗殺者の中には標的よりも護衛に注目するものもいる。

——という話を剣術の師匠に習ったことがある。

熟練の暗殺者はより視野が広く、厄介、ということである。

さすがは一国の姫君の命を狙うものだ。大枚をはたいて優秀な暗殺者を雇ったのだろう。

そう解釈し、そのものを見つめる。

一応、物陰に隠れて俺のことを見つめている。

暗殺者と思わしきものは上半身だけ突き出し、こちらを覗き込んでいた。素人丸出しであるが、あえてそうしているのかもしれない。

性別は女。この学院の生徒だ。制服を着ている。

年齢は俺と同じくらい。学年は一緒のようだ。蒼いリボンをしている。

一見、どこにでもいるような女生徒にしか見えなかったが、むしろこのような生徒のほうが怪しい。真の暗殺者こそどこにでもいるような凡人に偽装するものだ。

最上級の警戒心を持ち、腰の神剣に手を伸ばすが、それをメイド服の少女にたしなめられる。というか笑われる。

「リヒト、まさか、あの娘っこに斬り掛かるつもりじゃないでしょうね」

「そのまさかだが。姫様の命を狙うのならば男も女も関係ない」

「ちょ、ちょっと、それまじで思ってるの？」

「当たり前だ。おまえは違うのか？」

「同じよ。でも、ただの女生徒に襲い掛かるほど馬鹿じゃないわ」

「ただの女生徒ではない。さっきからずっとこっちのことを見つめている」

その言葉にマリーは盛大な溜め息を漏らす。

「……いや、抜けているとは思っていたけど、ここまでとは。武芸は無敵、魔法は最強、でも、乙女の心を読むことに関しては完璧落第生ね」

「どういうことだ？」

　意味が分からない。

「あの子はただのファンよ」

「ファン？　姫様の？」

「ち・が・う」

　わざと一文字ずつ強調し、俺の鈍感さをなじるメイド。

「あの子はあなたのファンよ」

「俺のファン？」

　ますます分からない。

「この学院にきてまだ一日しか経っていないぞ」

「一日だろうが、一年だろうが、関係ない。おおかた、昨日の大立ち回りの噂が彼女の耳にも届いたのでしょうね。それとリヒト、早朝に剣の素振りをしているでしょう」

「うむ」

「何人かの女子が、早朝、三日月寮に行けば、〝尊い〟かつ〝エモい〟光景が見られると言っていたわ。鼻血を出して帰ってくる生徒もいるみたい」

「⁉」

「鈍感。つまり、あんたの稽古っぷりが格好いいって評判なのよ。乙女のハートをがっちり摑んでいるの。この細マッチョめ」

「なんだそれは。頼んだ覚えはないが」

その答えにマリーは再び溜め息を漏らすと、肩を落とした。

「まあまあ」

とは彼女の主のアリアの言葉。

「リヒト様がもてもてになるのは想定済みです。……この容姿ですから」

「アリアローゼ様、リヒトを甘やかさないでください」

「しかし、事実でしょう？」

「……そうですが。ですが、彼には静かに学院生活を送って貰わないと。このままではファンクラブが出来る勢いです。そのようになれば警護もままなりませぬ」

「それはそれで一興ですね」

くすくすと笑うアリアローゼ。女性は大げさだ、と思いつつ彼女たちの言葉を無視するが、実は彼女たちのほうが慧眼だった。その後、アリアと同じクラスに向かうのだが、教室に入ると黄色い声が響き渡る。

教室の扉を開け、自己紹介をするなり、

「きゃー‼」

と甲高い声が。

さらに何人かの女生徒は失神する。


「これが噂のリヒト様。……お近づきになりたい」

「ああ、ご尊顔を拝すだけで気が遠くなる」

「恋人はいるのかしら……ごくり……」


生唾を飲む音が響き渡る。

異様な光景だが、それとは対極的に男子の視線は冷たい。

皆、親でも殺す！　かのような呪詛に満ちた視線を送ってくる。

分かりやすいが、いちいち構っていられないので、それらの視線を無視していると、別の視線に気が付く。男子の中にも好意的な視線を送ってくれるものがいたのだ。

同じ寮のクリードであった。彼はにこやかに手を振っている。ぶんぶんと。

これはこれで恥ずかしいので無視し、教室の様子を観察する。

男女で反応がくっきり分かれているが、教室の後方と前方でも分かれているような気がする。特に一番後ろの列の生徒は、俺のことを完璧に無視し、教科書や本を読んでいる。

彼ら彼女たちだけ、制服に見慣れぬ紋章があることに気が付く。

（……あれが特待生（エルダー）か）

この学院はクラス制で、下等生（レッサー）も一般生（エコノミー）も特待生（エルダー）も同じクラスに所属する。――といっても午前中の授業だけ同じで、午後の授業はそれぞれ違う教室で受けるのだが。

どうやらこの教室では、下等生（レッサー）が前列、一般生（エコノミー）が中列、特待生（エルダー）が後列と決まっているようだ。

この国の縮図、身分制度を感じる光景だった。

まあ、俺は下等生（レッサー）だから、近寄らずに済むという点ではありがたい配慮だが。

そのように前向きに考えるが、そう考えないものもいるようで――。

一緒に教室に入ったお姫様は思わぬ提案をする。

「先生！」

突然、元気よく手を挙げるアリアローゼに驚く女性教師。

「なんですか？　ミス・アリアローゼ」

「突然の入学ということで、前列と中列の席がすべて埋まっています。リヒト様の席がありません」

「そうですね。たしかに……」

見ればたしかに席はどこも埋まっている。

アリアはにこりと微笑(ほほえ)むと、提案する。

「そこでなのですが、幸いとわたくしの隣が空いております。よかったらリヒト様の席をここにされては？」

その提案に激震が走る。女教師は顔を蒼くする。

「し、しかし、席次は成績順と決まっているので」

「当座のことだけ。もうじき、席替えの季節がやってきます。それまでですから」

ほんわかしている割には意外と押しが強い。

そんな感想を抱いていると、彼女は俺の手を引き、自分の席に連れて行く。

その光景をぽかんと見るクラスメイト。アリアローゼの行動に女子は反感を持ち、男子は虚を衝(つ)かれている。どうやら彼女は男子から人気があったようで、悔し涙を流すものもいた。

「クラス中を敵に回す主従だな……」

我ながら呆れてしまうが、苦笑いも永遠には続かない。

先ほどから俺にまったく関心を示さなかった特待生(エルダー)たちが、殺気立っていることに気が付いたのだ。

皆、それぞれの視線で俺を睨(にら)み付けていた。

どうやら彼らは俺を学院の秩序を乱す異分子と判断したようだ。

それは大いなる誤解なのだが、下等生(レッサー)ごときが同じ席に座るというのが耐えられないと見える。皆、自尊心が高そうだった。

しかし、一般生(エコノミー)のヴォルグと違うところはすぐに難癖を付けてこないところだろうか。

各自、すぐに視線を戻すと、それぞれの作業に戻る。

時期外れの入学生など、歯牙(しが)にも掛ける必要はないと思い直したのだろう。

その判断は正しい、と心の中で彼らを称賛するが、一般生(エコノミー)と下等生(レッサー)の男子たちの視線は変わることがなかった。皆、親でも殺すという顔をしている。

（……これは同性の友達は作れなそうだな）

皮肉気味の吐息を漏らす。

まったく、我が主は罪深い。その魅力で学院中にファンを作っているようだ。

隣の席でにこにこと微笑むお姫様。

俺の心を知ってか知らずか、いや、確実に知らないだろうが、彼女は俺と席をくっつけると、教科書を開く。まだ教科書が届いていない俺のための配慮だが、それも男子生徒たちの怒りに火を付ける。

「リヒト・アイスヒルク、絶対に殺す」

授業の間中、呪詛の念が届く。

右手に心優しい姫様、左手に殺意に満ちた男子生徒たち。両者暑苦しいことに変わりなかったが、今、この瞬間から俺の学院生活が始まる。

実は今まで同じ世代と机を並べて勉強したことがなかったから、軽い高揚感があった。

入学までに色々ありすぎたが、せっかく、このような機会に恵まれたのだ。

周囲のことなど気にせず勉学に勤しむことにした。


放課後、下駄箱にて――。

学院生活を楽しむリヒト、無論、護衛も忘れないが、幸いなことに学院の中で姫様を襲うような阿呆と出くわすことはなかった。この学院の警備はなかなかのものだし、また教師も生徒も実力者が多い。テロリストが入り込む余地がないのだ。このような学院ならば俺はいらないのでは、と思ってしまうが、マリーは「なにを言ってるのよ」と怒る。

「こういうところだからこそいるのでしょう。油断大敵、火がぼうぼうってね」

彼女はそう言うとアリアローゼの下駄箱を捜索する。

「姫様の靴の匂いでも嗅ぐのか？」

「そうよ、そう。ああ、アリアローゼ様の靴は芳しい――って、そんなことするか」

乗りツッコミするマリーだが、すぐに冷静な表情を作ると下駄箱の手紙を確認する。どうやらアリアのファンが手紙を書いて入れたようだが、マリーはそれを読むとビリビリに破り捨てた。

「酷いな。主の手紙を勝手に」

「ただのファンレターならばいいけど、アリアローゼ様に過剰に愛を語るような輩を排除しているだけよ。この手紙、毎日入ってるの」

「それだけ愛されているってことだろう」

「愛していればなんでもしていいわけじゃないの」

マリーはそう断言すると、懐から短剣のような物を取り出す。それを下駄箱の陰に潜む男子生徒に投げつける。彼は「ひいっ」とのけぞる。マリーは冷徹な表情で男子生徒に近寄ると言った。

「さあ、変態さん、アリアローゼ様の靴の中敷き、返してくれるわよね？」

悪魔のような視線に男子生徒は頷くしかなかった。マリーは中敷きを回収すると、それ

の端を摘み、

「洗って再利用すべきか、それとも捨てるべきか、迷うわね」

　アリアローゼならば気にせずそのまま使うだろうが、マリーは潔癖症のようだ。敬愛するアリアローゼを僅かでも汚したくないのだろう。そのように考察したが、中敷きの処理方法よりも気にすべきことがあった。

　男子生徒の襟首を摑んで締め上げているマリーを無視し、彼らの下に転がっている短剣のような物を拾う。それは短剣ではなく、別のものであった。

「これは城の書物庫で見たことがある。たしか東方の武器で」

　──名をクナイと言ったか、と心の中で続ける。東方の忍者と呼ばれる暗殺者集団が好んで使う武器だと図鑑に載っていた記憶がある。なぜ、そのような武器をこの可憐なメイドさんが使っているのだろうか。首をかしげたが、答えが出ることはなかった。

「まあ、たまたまだろう」

　そのように纏めるしかない。マリーに尋ねても無駄なことだけは明白だった。彼女はアリアローゼのストーカーをこってりと絞り上げている。俺はそれを他人事のように観察しながら、今後の護衛方針について思いを巡らせた。

その光景を彼の腰から眺めるは神剣ティルフィング。

彼女は今の状況を呑気に楽しむ主を呆れて見ていた。

『リヒト、君はたしかに最強不敗の神剣使いだけど、人間の悪意を甘く見すぎ』

彼は幼き頃より、義母と兄たちの悪意をはね除けてきた。その知略と武力によって。ゆえに過剰気味の自信があるのだろう。学院生の子供の悪意などいくらでもはね除けられる、と。

その考え自体、間違ってはいない。

義理の息子を殺そうとする義母の悪意に比べればたしかに先日のヴォルグの嫌がらせなど、取るに足らない。しかし、それは彼個人だけに言えること。

『君は人の悪意には強い。それは認める。でも「人々」の悪意には無頓着過ぎる』

今日もリヒトはこの教室にやってくるなり、教室を二分した。善意と悪意でふたつに割ってしまったのだ。それはリヒト・アイスヒルクの個性がまばゆく、無視できないものである証拠だが、その個性が常にプラスに働くわけではない。

事実、教室にいる特待生たちもリヒトのことを認知した。

この学院で最強と呼ばれる人々がリヒトの存在を疎ましく思い始めたのだ。

リヒトの実力は特待生に比肩する。いや、上回っているだろう。しかし、彼らはエリートの中のエリート。その実力を補う武装を持っているものもいた。

……この学院からも自分と同じ神剣の匂いが漂ってくる。

特待生(エルダー)の中にはリヒトと同じ神剣使いがいるということだろう。

『……ワタシは最強の神剣だけど、目覚めたばかり。何百年も惰眠をむさぼっていたんだ。その力を十全には使えない。だけど、神剣の中にはワタシよりも実戦経験を重ねてきたものもいる』

そんな相手と対峙(たいじ)したとき、ワタシは、いや、「ワタシとリヒト」は相手に勝てるだろうか。神剣ティルフィングは真剣に考察するが、その答えを容易に導き出すことはできなかった。

神剣は再び主(あるじ)の顔を見る。

女性が黄色い声を上げるのも納得の顔立ちだが、彼はこれからやってくるだろう厄災を知らない。リヒト・アイスヒルクは、これからやってくる「ふたつ」の試練に耐えなければならなかった。

神剣は少し躊躇(ちゅうちょ)した末、そのことをリヒトと相談し始めた。

†

ふたつの試練が訪れる。そのうちのひとつはおそらく、一般生(エコノミー)や特待生(エルダー)絡みだと思われた。そのことを神剣に話すと、彼女は『さすがはリヒトだね』と褒めそやしてくれた。

もうひとつはなんだろうか。

アリアローゼ姫関連――彼女の暗殺でなければいいが、と思ってしまうが、神剣は『ふふ……』と謎の笑みを漏らすだけで答えてくれなかった。

『そのときがくれば分かるさ』

と意味深な言葉だけ残す。

「……まあいいさ。降りかかる火の粉は払い除けるだけ」

そのように言うと話題はアリアローゼ姫に移る。

『ところでリヒト、王女様は意外に人気者だったね』

「そうだな。意外でもなんでもないが」

クラスの半分の男子からは好意を寄せられているように見えた。

『王女様だからかな』

「それもあるだろうが」

それ以上にアリア自身の人柄が愛されているように見えた。

身分の違いなど感じさせない対応をしているのだろう。

また毎朝、学院の花壇の手入れをしたり、孤立しているものに話し掛けたり、人心を摑(つか)む行動を重ねているように見える。それも計算ではなく、天然で。そのような少女を疎(うと)むのはなかなか難しい。

少なくとも特権意識の少ない平民や一般生(エコノミー)、下等生(レッサー)の心は摑んでいるように見えた。

「――ただし、それでもすべての人間を納得させることは不可能だが」

『どういうこと?』

神剣は首をかしげる。

「簡単な話だ。特待生(エルダー)は全員、姫様を蔑視していた。おそらく、〝欠落者〟だと馬鹿にしているのだろう」

『ああ、そうか。本来ならば下等生(レッサー)なのに、王族のコネで〝名誉〟特待生(エルダー)になっているんだっけ、お姫様は』

「特待生(エルダー)は特にお気に召さないようだな」

『そっかー。まあ、特待生(エルダー)たちからすれば、実力で勝ち取った席に、コネで座られたら、堪(たま)ったものじゃないよね』

「かもしれないな。しかし、俺は姫様の騎士、どんな理由があろうとも姫様を侮蔑するものは許さない」

『それって愛？』

「まさか」

『そうかな。愛とは見返りを求めぬ行為、それに依怙贔屓から始まると思うんだけどね』

「…………」

神剣相手に珍しく沈黙してしまったのは、以前、同じような台詞を小説で読んだことがあるからだ。——まったく、無機質も時折、侮れない。

そんなふうに思いながら、アリアローゼのもとへ向かう。


道中、視線に気が付く。

以前、感じたことのある視線だ。校舎の物陰からこちらを見つめている。

どうやらまた女生徒が俺を見張っているようだ。まったく、俺なんかのどこがいいのだろうか。彼女にそれを尋ねるため、話し掛けた。

「⁉」

まさか話し掛けられるとは、そもそも存在すら認知されているとは思わなかったのだろう。あわあわと慌てる女生徒。一分ほど喜劇を続けると、最終的には「ご、ごめんなさい」と頭を下げた。

「わ、わたしなんかがストーキングしたら迷惑ですよね」

どのような人物にされても迷惑なのだが、そのような返答はしなかった。

この生徒に特別な感情を持ったわけではない。ただ、この生徒の面影に見覚えがあったからだ。この生徒、名前はハンナというらしいが、彼女はアリアによく似ていた。容姿よりも雰囲気がとても似ているのだ。

また少し話しただけで善人と分かるその人柄に憎しみを持つことはできない。

だから俺は彼女にこう問うだけで済ませた。

「君も変わりものだな」

その問いにハンナはにこりと答える。

「女の子はみんな変わりものなんですよ」

と——。

アリアとはまた違った感じだが、とても性格の良さそうな娘だった。しばし歓談すると彼女も同じ中等部の生徒だと判明する。クラスは違うが、彼女も下等生（レッサー）だという。

なぜか気が合った俺たちはしばし歓談すると別れを告げた。以後、廊下ですれ違えば挨拶をするような関係になる。この学校に来てから初めて出来た異性の友達だ。なかなかに可憐な友達であった。

†

翌朝、早朝の稽古を終えると、アリアを迎えに行く。

麗しの姫君は同じ王立学院の敷地に住んでいるが、建物の質は天と地だった。無論、リヒトの暮らす三日月寮も立派なものなのだが、王女の寮はそれ以上なのだ。

まるで貴族の屋敷のようなたたずまい。

庭にはドワーフが作ったと思われる石像もあるし、中庭や温室もあった。

王侯貴族の風格を漂わせる建物だが、その感想は的外れではない。

この王立学院には王族が通うことも多いのだが、その際は必ずこの寮に入寮する決まりがあるようだ。アリアの伯母も、姉も、皆、この寮に住んでいたという。

「血税はこんなことに使われていたのか」

そんな感想を漏らすと、アリアが寮から出てきた。

珍しくひとりだ。

命を狙われているものとしては感心しない行動なので、注意をする。

彼女は申し訳なさそうに頭を下げる。

「すみません。マリーは朝が苦手でして」

「……まったくあのメイドは」

　意外でもなんでもないので溜め息も漏れ出ないが、アリアは彼女を庇う。

「この数週間、わたくしを護るために彼女は骨を折ってくれました。寝ずの番をしていたこともあります。疲れが溜まっているのでしょう」

　そのように言われればさらになにも言葉は出ない。このままふたりで登校するか、尋ねる。

「そうですね。それもいいですが、もう少し待てばやってくるかも。……ああ、でも、マリーの化粧は時間が掛かるし」

　アリアらしからぬ歯切れの悪い答えである。どうやらマリーはメイクに気合いを入れるタイプのようだ。実は起きる時間自体はアリアと大差ないのだが、たまにメイクに時間が掛かりすぎることがあるのだそうな。特に今日は湿気が多く、髪型が決まらない日らしい。

「まったく、しょうがないメイドだな。軽く文句を言いに行きたいが、俺が寮に入っても大丈夫か？」

「はい。わたくしと同伴ならば」

　彼女はそう言うとさっそく、守衛の許可を取る。ちなみに三日月寮には守衛がいない。

ゆっくりと戻ってくると、アリアは、

「入寮の許可を頂けました」

と微笑(ほほえ)んだ。

それと同時に彼女と一緒に寮に入る。

彼女の寮は外装もだが、内装も豪華だった。安っぽい木材など一切使われていない。高級な木材を惜しげもなく使っている。それでいて前衛的な建築法も試されており、とても洒落(しゃれ)ていた。

豪壮な家に住む趣味はないが、建築自体には興味があったので、しばし見とれていたいが、ここは特待生(エルダー)だけが住まうことを許された楽園。下等生(レッサー)の俺が長居をするのはよくないだろうと、そそくさと彼女の部屋に向かう。

アリアの部屋は二階にあった。

二〇一と書かれている。プレートには彼女の名前と従者の名前が記録されている。無論、従者はマリーだ。

特待生(エルダー)は従者を持つことが許されているというのは本当のようで、他の部屋も同様のプレートが掲げられていた。

マリーはアリアのメイドなので、当然、この部屋にいるはず。コンコンコン、と三回、ノックをするとそのまま入る。

「自分の部屋にノックをするのは初めてかも」

アリアは嬉しそうに語る。たしかにそんな機会は滅多にないだろう。そんな返答をすると、乙女の部屋に入った。

内装はいわずもがな。造りから家具類に至るまで、王侯貴族の風格を漂わせているので、深く言及しない。

それよりも特筆すべきは香りだろうか。この部屋からはとても芳醇な匂いが漂っている。芳しい匂い、甘く切ない匂いだ。

アリアがいつも纏っている匂いを凝縮したものだ。

香水や芳香剤の匂いではなく、その匂いの源はお姫様そのもののようだ。

美人は匂いもよいのだな、という感想を心の中で抱くと、マリーがいるだろう化粧台に向かった。

そこにいるのは一生懸命に白粉を塗りたくっている少女だ。一心不乱にやっているため声を掛けづらいが掛ける。

「マリー、なにをやっているんだ？」

「なにってそりゃ、化粧っしょ」

なんの悪気もなく答える。

「アリアをひとりにするのは感心しないな」

その言葉に「まじで！」となるマリー。どうやら姫様は黙ってひとりで部屋から出たようだ。アリアは「ごめんなさい」となる。ふたりでしばし説教するが、問題の根本はマリーの化粧のような気がするのでそこにも突っ込む。

マリーは抗弁する。

「し、仕方ないじゃない。マリーはアリアローゼ様みたいに美人じゃないんだから‼」

逆ギレ気味であるが、たしかに、と、うなずくこともできない。

マリーの化粧は中途であるが、この時点でもかなり濃いことが確認できる。もしも化粧をすべて取り払えば、平凡な顔が見られそうだった。

「マリーはね、顔にはそばかすがあるし、日によっては一重になっちゃうから、アイプチ必須だし、まつげも足さないとだし、化粧で顔を立体的にしないといけないの！　この苦労が男に分かってか！」

たしかに分からなかったし、ヒートアップしてきたのでこれ以上、言及はしなかった。

ソファーに腰掛けて彼女の化粧の完了を待つ。

その間、アリアはお茶を注いでくれる。

「新作のハーブティーです」

と渡してくれたお茶は、苺（いちご）の香りがした。とても美味（おい）しい。

しばし、温かいお茶でリラックスしていると、アリアが語りかけてくる。

「マリーの化粧に懸ける情熱、許してあげてください」

「女の化粧に文句を言う野暮にはなりたくないが、ほどほどにな。あいつは君の護衛でもあるんだ」

「そうなのですが、マリーが化粧にこだわるのはわたくしのせいなのです……」

「君の？」

「はい。マリーは実は目頭の辺りに傷があって……、わたくしを護るときに作ったものです」

「それを隠すために化粧をしているのか」

「はい。それといざというときはわたくしの身代わりになるためです」

「というと？」

「マリーはわたくしそっくりに化けることができるんです。最悪のときはわたくしの身代わりとなって死ぬつもりです」

「……そうか」

そのような話を聞くと、彼女の化粧愛を非難することはできなかった。

以後、俺はマリーの化粧時間の長さをなじることはなかった。

そのように会話をしていると、マリーの化粧も終盤に差し掛かる。複雑な手順を踏んでいるが、非常に手慣れている。

「これが詐欺メイクの本領よ！」

とのことだったが、気にせず、終わりを待つ。

「身代わりと言ったが、影武者を持つ気はないのか？」

「影武者？」

「ああ、要は偽者（にせもの）の代理人を用意する気はないのか、と聞いている」

「まさか、そんな気は一切ありません」

「アリアローゼ様がそんなことするわけないでしょ。誰かを犠牲にして保身に走るなんて有り得ない」

いつの間にかメイクを終えたマリーがやってくる。いつものメイドさんになっていた。

「まあ、そうだな、性格上有り得ないか」

「そうよ。それにアリアローゼ様に似た美少女なんてそうそういないわ」

「そんなことはない。例えばだが、先日、俺を見つめていた女生徒、あの娘はなかなかアリアに似ていた」

「はあ？　あんな娘っこが？」

　主愛（あるじ）の権化（ごんげ）であるマリーは否定するが、アリアは意外にも了承する。

「あの一般生（エコノミー）の女性ですね。たしかに少し似ているかもしれません」

「そばかすがあること、それに髪の色が違うが、それ以外は似ている。髪の色も太陽の当たり加減ひとつで同じになる」

「むむー」

　俺とアリアの主張に眉をひそめるマリー。彼女は纏めに入る。

「一万歩譲ってそうだとしても、どのみち影武者はなし。アリアローゼ様が厭（いや）がるのだから」

「無論、彼女を影武者にする気はないが、国中を探し回ればアリアに似た武芸達者な少女が見つかるような気もするが」

「見つかるのと望むのは違うのよ。却下、却下、却下」

　アリアに視線をやると、彼女は黙って頷（うなず）く。たしかな意志を込めて。

「……だな、アリアはそういうお姫様だ」

　表面上は納得する俺、しかし、俺は現実主義者（リアリスト）にして冷酷家（マキャベリスト）の側面もある。姫様の命と、同じ学院の女生徒の命、天秤に掛けるまでもなく、姫様の命を優先してしまうのだ。

それくらいすでに姫様の信奉者になっているということでもあるが、その姫様自体、そのような〝考え〟を持つ護衛のことを善く思わないことも知っていた。

俺の冷淡な一面を知れば、彼女は失望する。──いや、悲しむか。きっと心を痛めるだろう。ならばせめて〝表面〟だけでも取り繕っておきたかった。

「影武者の件は忘れてくれ。そんなものがなくても俺が君を護ってみせる」

そう言い放つと、腰の剣が「ワタシもワタシも」と補足してくる。

俺は言葉を足す。

「俺とこの神剣が君を護る」

その言葉にアリアは嬉しそうに微笑み、マリーは頼もしそうに俺を見つめてくれた。


リヒト・アイスヒルクがそのような思いを抱いている裏で、アリアの政敵は蠢き始める。

ランセル・フォン・バルムンク侯爵の執事は学院の関係者と接触する。

先日、公衆の面前でしこたま打ちのめされ、その辱めのあまり、不登校になっていた生徒に近づいたのだ。

そのものの名はヴォルグ。ヴォルグ・フォン・ガーランド。

男爵家の長男だ。

彼は先日、食堂でリヒトに喧嘩を売り、返り討ちに遭った。

そのやられ様は「噛ませ犬」と呼称するのもはばかられるほどであったが、禿頭の執事はこの男を高く評価していた。

実力を評価しているわけではない。溢れ出る負の感情を評価しているのだ。

彼は寮の一室に引き籠もり、念仏のように「リヒト……殺す……」と、つぶやいていた。

このような感情に囚われているものこそ、この剣を持つに相応しい男なのだ。

執事は布で包んでいた剣を取り出す。

怪しげで不気味な光を放つ剣。

異様なオーラを纏っている。黒いもやも見えた。

視界に入れただけで病人ならば呪い殺せそうなその剣は〝神剣〟と呼ばれるものだった。

この世界には神話の時代、あるいは異世界にルーツを持つ神剣と呼ばれるものがある。

神剣は通常、〝聖剣〟と〝魔剣〟に分類されるのだが、禿頭の執事が持つそれは、明らかに魔剣に分類されるものに見えた。

それほど禍々しく、おどろおどろしいのだ。

事実、その剣、魔剣「グラム」には恐ろしい逸話がある。

この魔剣はこことは異なる世界の英雄シグルドという王を死に追いやったのだ。

毒竜を倒し、英雄となった男の命を奪ったのである。

この剣は持ち主であるシグルドの才能に嫉妬し、その命を奪ったという伝承がある。

そのような伝承を持つ魔剣と、嫉妬に狂うヴォルグの相性はぴったりだろう。

ヴォルグは憂鬱な目で剣を見つめると、夢遊病者のような動作で剣を握った。

——その瞬間、魔剣とこの精神疾患者が共鳴したような気がした。

少なくとも禿頭の執事にはそう見えた。執事はにやりと微笑むと、「王女誘拐指令」を実行するため、部下に使いを出させる。

ついでヴォルグに向かってささやく。

「おまえは魔剣に認められた。しかし、それだけではリヒトにはかなうまい」

リヒト、その名を聞いた瞬間、ヴォルグの瞳に負の情念が浮かぶ。明確な殺意が芽生える。

「しかし、安心しろ、二重三重に策をめぐらせてある。あのにっくきリヒトを殺したければこの薬を飲むのだな」

「薬……」

「そう、薬だ。これを飲めばおまえは岩のように硬いからだと、毒にも負けない血液を得られるだろう。つまり、最強の存在となる」

ただし――、禿頭の執事は続ける。

「ただしこの薬を飲めばおまえは名を失う。おまえはおまえではなくなる。それでもおまえはこれを飲むか？」

ヴォルグは躊躇することなく薬瓶を受け取ると、中の液体を飲み干した。瓶の中には〝なにか〟の胎児のようなものも入っていた。

禿頭の執事はヴォルグが液体を飲み干したのを確認すると、再びにやりと微笑む。未来について思いを馳せる。

魔剣グラムと嫉妬に燃えるヴォルグ、それと学院を襲う襲撃者、この三重奏に〝あの〟小僧は耐えられるだろうか。

執事は興味深く、ことの行く末を見守った。

†

王立学院の生活にもだいぶ慣れた。

敷地内に学び舎があるため、エスタークにいた頃よりもゆっくりと眠ることができたし、食事や住環境も上々、文句を言うところは今のところない。

――いや、ひとつだけあるとすれば、〝ストーカー〟が絶えないところだろうか。

今日も朝の稽古をしていると、俺のファンと思わしき女子が木陰から俺を見つめていた。その数は五人。日に日に増えているような気がする。

今のところ使用したタオルをすり替えられるとか、その程度の被害しかなかったからいいが、このままいくと面倒なことになるかもしれない。

〝ふぁんくらぶ〟なるものが出来上がり、行動を制限されるようになるかもしれないからだ。そうなれば護衛の仕事にも影響が出てくる。

そんな心配もあるが、悩み事はそれ以外、特になかった。上々の学院生活をスタートできたと言っても差し支(つか)えないだろう。

あとで妹にそのような手紙を送ろう、そう思っていると、二時限目の授業の鐘の音が鳴る。

すると隣の席のアリアが荷物を纏(まと)めていることに気が付く。

早退でもするのだろうか。気分が悪いのかもしれない。

「そうではありませんわ」

アリアはたおやかに微笑む。

「二時限目の授業は野外授業なのです。フィールドワークというやつですね」

「フィールドワーク？」

「ふふふ、リヒト様はまだここにきて間もないですからね。二時限目の授業は魔術史ですよね」

「それは知っている。一番、野外授業とは縁遠いように思えるが」

「そこが味噌なのです。魔術史のリカルド先生は、実践的な歴史学者として知られています。自分の足で、目で確かめて初めて身に付くと日頃からおっしゃられているのです」

「なるほど、だから教室の外へ行くのか」

「そうです。敷地内にある古代魔法文明の遺跡でフィールドワーク、実地調査です」

「座学よりは面白そうだ」

「わたくしもそう思います。さて、行きましょうか」

と俺に手を差し伸べるが、同級生たちの視線が気になるので、その手は握り返さず、節度ある距離を保つ。

「つまりませんわ……」

とのことだったが、授業は真面目に受けてほしいものだった。

この王立学院の敷地には古代魔法文明の遺跡がある。

広大な敷地ゆえに驚かないが、それを授業で使おうという発想には驚く。

なお、この授業は魔法剣士科、魔術科など、魔術に関わる学科の生徒合同である。中等部の生徒、全員が参加する。

ただし、特待生(エルダー)の従者は参加しない。これはこの授業だけでなく、すべての授業でもそうなのだが、この学院で学べるのは生徒だけなのだ。

マリーはお留守番となるが、不平不満は漏らさない。いつものことであるし、今回からは「俺」という護衛がいるから安心なのだそうな。それよりも化粧のノリを気にしている。じめじめとした遺跡(ダンジョン)に潜るのはお肌に良くないだろうから、嬉(うれ)しいのだろう。

さて、そのような顛末(てんまつ)でダンジョンに向かったわけだが、基本、ダンジョンはペアで行動する。万が一の際に備えてのことであるが、それ以上に、ふたりで協力できるかを試すものらしい。

一応、このダンジョンには低級の魔物も出るため、鍛錬や稽古にも使われるらしい。

さっそく、アリアと探索していると魔物と出くわす。

ゼラチン・スライムと、ホーン・ラビットだ。

ゼラチン・スライムとはぶよぶよの身体(からだ)を持った不確定で不特定な生き物。全身の九九・九パーセントが水分の生物。魔物の中でも最弱と呼ばれているが、中にはとても強い個体もいる。無論、こいつのことではないが。

ゼラチン・スライムはあのアリア王女でも余裕で倒せるくらいの雑魚敵だった。

「えいや、えいや」

と腰の剣をぶんぶん振るアリアの攻撃をまともに喰らう。

一撃で四散し、吹き飛ぶ。

ちなみにアリアの剣の腕前は、うちの妹の七歳くらいのときの腕前だろうか。お世辞にも強いとは言えない。さらに魔法もほぼ使えないから、正直、戦力としては疑問符を抱いてしまう。

ただ、このような場所で修行を積ませるのはいいことなので、雑魚敵はアリアに御願いする。彼女は「御願いされました！」と張り切りながら、ゼラチン・スライムを駆逐していく。

およそ、一〇分ほどですべてのスライムを駆逐する。

「ほう」

先ほど彼女の実力に疑問符を抱いたが、前言撤回しないといけないかもしれない。少なくとも彼女の剣の腕前は妹のエレン一〇歳のときに相当するかもしれない。

ちなみに妹は一〇歳のときには魔法剣士の〝天才児〟として周囲に持て囃されていた。そのような感想を抱いたが、妹とは似ても似つかないところもある。それは彼女が〝優しすぎる〟という点だ。

ゼラチン・スライムは一掃できたが、ホーン・ラビットには防戦一方だった。

先ほどから致命傷を与えられずにいる。

ホーン・ラビットはスライムと並んで最弱モンスターの代名詞なのだが。

そのように思っていると、彼女は意匠の素晴らしい剣を振るい、俺のほうを向く。

「リ、リヒト様、可愛すぎて倒せません……」

涙目である。どうやら彼女は可愛いものに目がないようで……。

ぬいぐるみのように可愛いホーン・ラビットを殺せないようである。

ホーン・ラビットは魔物の中でも肉の美味しさで知られ、冒険者に狩られまくっていると知ったら、彼女はどう思うだろうか。そして俺もこいつを夕飯にしようと思っていると知ったら。

――ただ、ここでそのようなことをして王女に嫌われる必要もない。野外授業ゆえ、夕飯までには帰れるだろうし、非常食もふんだんに用意してきた。少なくとも〝今日〟はこいつを食料にする必要はないだろう。

そこで俺は《爆裂音》の呪文を詠唱すると、ホーン・ラビットの上空で発動させる。

まるで爆竹でも鳴らしたかのような炸裂音に、臆病な兎は驚き、逃げていく。

その姿にほっと胸を撫で下ろすお姫様。

「さすがはリヒト様です。戦わずにして勝つ。兵法を心得ていますね」

「そんな大層なものじゃないさ」

そう返すと、俺たちはさらに地下に潜った。

†

古代魔法王国の遺跡には特徴がある。

それはダンジョンなのに、フィールドがあることだ。

どういうことかと言えば、ここは地下のはずなのに、空があるのである。

青空もあれば、雨雲もあり、雪が降ることもある。

また平地や森林、砂漠などが広がる階層もある。

つまり地上とほぼ変わらないのだ。

なぜ、そのようになっているか。高名な魔術師たちが常に議論し、調査をしていたが、いまだ結論はでない。

古代魔法文明の偉大さに嘆息するしかない、というのが今の魔術界の現状だった。

俺としてはもしも時間があれば、その謎を解き明かしたいと思っていたので、今回の調査授業は絶好の機会であった。時折、現れる魔法文明の遺物などを真剣に調査する。

その姿を見てアリアは、まるで探求者のようですね、と俺を評する。

ある意味間違っていなかったので、返答できずにいると、雨が降ってきたことに気が付く。

「雨か——、雨宿りするか」

「そうですね。そこの洞窟に避難しましょうか」

俺とアリアはすぐに洞窟に入り込んだが、思ったよりも濡れてしまった。アリアの制服のシャツが濡れて透けている。

目の遣り所に困った俺は、彼女に背を向けながら、魔法で焚き火を作る。

焚き火によって洞窟は照らされ、温度が上昇するが、俺はなにも口にすることができなかった。姫様の艶めかしい姿を見てしまったから、ということもあるが、先ほどから姫様の様子のおかしさに気が付いていたからだ。

その理由を背中越しに尋ねる。

「——気が付かれていましたか」

それがアリアの第一声だった。続けて彼女はその理由を正直に話す。

「先ほどの戦闘で己の無力さを改めて痛感しました。わたくしはなんと非力なのでしょうか」

「そのことか、ホーン・ラビットの件は気にするな」

「気にします。わたくしの不覚悟の象徴のような気がします」

「もしも次会ったら倒せばいい」

「はい。次会ったときは倒し、食料にいたします……。しかし、わたくしが情けないのはそのことだけではありません。たかがゼラチン・スライム討伐に一〇分も掛かってしまいました」

「普通じゃないか？」

「道中、クリードさんのペアを見ましたが、五分も掛かっていないようでした」

「倍なら許容範囲だ」

「そうでしょうか……、ちなみにリヒトさんがわたくしに似ているとおっしゃっていた女生徒さんもわたくしより速く討伐していました」

「同じ授業に参加していたんだな」

「彼女だけではありません。同じ年齢、同じ授業を受けているのに、なぜもここまで才能の開きがあるのでしょうか」

「落ち込むな。姫様のいいところは武力ではない。その心根だ」

「……心根？」

「そうだ。誰よりも優しいその心。それに民を思う気持ちだ。これを持っている王族や貴族は滅多にいない」

「………」

「俺はその心根に惹かれて君の護衛になった。君がその優しさを持っている限り、俺は君の剣であり、盾となる」

「リヒト様……」

彼女が愁いに満ちた目でこちらを見ていることは容易に想像できたので、あえて振り向かない。今、振り向けば必要以上の感情を彼女に抱いてしまうと思ったからだ。

その後、俺たちは洞窟で休憩すると、そのままフィールドワークを再開した。

道中、件のハンナたちと出会う。彼女は男子生徒とペアを組んでいたが、様子がおかしい。木の幹のそばでかがみこんでいるのだ。神剣は『お、えちいことしているのかな』と品のないことを言う。軽く鞘をこづくと、ハンナがパートナーの男子生徒を介抱していることに気が付く。魔物に襲われたわけではないようだ。なんでも魔物を倒したあと、調子に乗っていたら木の根に躓いて足をくじいてしまったそうで。

まったく、お調子者のパートナーであるが、それでも介抱するあたりハンナは偉い。知り合いのよしみで俺もそれを手伝おうとしたが、彼女はそれを断る。

「腫れもだいぶ引いてきましたし、それに第三階層はすぐそこです。第三階層には地上に戻れる転移装置もありますし、心配しないでください」

と言う。

神剣は、『にひひ、振られちゃったね』と茶化すが、気にしない。ハンナが俺たちのことを思って言ってくれているのは明白だったからだ。この授業の点数はそれなりに高い。落第生コンビである俺と姫様にとっては重要な得点源になることを知っているのだ。

俺はハンナのさりげない優しさに感謝し、彼女たちを置いていくが、すぐに彼女たちも探索を再開させた。一緒に行動する、そのような選択肢もあったが、それは取らなかった。数刻後、俺は後悔することになるのだが、今の俺にそれを知る術はなかった。


第三階層まで調査を進める。

第三階層はフィールドタイプのダンジョンではなく、正統派のダンジョンだった。迷宮のような道を進む。

授業ではこの階までとなっているので、ここの調査が終わったら帰還魔法の宝玉（オーブ）を使う予定だった。

俺たちは隅々まで調査すると、帰還魔法の宝玉を使おうとするが、異変に気が付く。

宝玉に魔力を感じないのだ。

「……おかしいな。ダンジョンに入る前にちゃんとチェックしたんだが」

魔法の宝玉はたまに不良品があり、効果を発揮しないことがあるため、事前チェックは欠かせない、というのが俺の持論であり、指南書にも書かれていることだった。そのため、念入りにチェックしたのだが、宝玉はうんともすんとも言わない。魔力自体通っていないように見える。

「……時限式で魔力が断たれるように細工をされたか」

「まさか、そんなことが可能なのですか？」

「大がかりな宝玉工房が手を貸せばな」

「……バルムンク卿（きょう）は王都一の宝玉工房の最大株主です」

「そして姫様を誘拐したがっている。動機と実行力は十分だな」

「しかし、それだけでは糾弾できません」

「なあに、それだけじゃないさ。きっとこの先、君を誘拐させようと刺客を用意してあるはず。そいつを捕まえて吐かせればすぐに証拠は揃う」

そう不敵に言い放つが、それは大言壮語が過ぎた。いや、己の力を過信していた。敵は俺の想像以上の仕掛けを用意していたのだ。

その宝玉は《解析》の魔法を掛けられると同時に発動するように仕掛けがしてあったのだ。無論、本来の場所、学院の転移魔法陣に転送されるのではなく、それを身に付けていたものが、意図した場所に飛ばされるような仕掛けが施されていた。

つまり、それを身に付けていたお姫様と、俺を分断するように仕掛けられていたのだ。

「しまった！」

俺はそう叫ぶと、《解呪》の魔法を高速に詠唱するが、それが最後まで詠唱されることはなかった。アリアの姿があっという間に半透明になると彼女が、

「リヒ――」

と口にした瞬間、消えてしまったからだ。

俺は慌てて《追跡》の魔法を使い、宝玉とアリアの魔力の波動を追跡するが、どうしても時間を消費してしまう。

五分ほどで追跡が完了し、神速の勢いでそこに向かい、第三階層の隠し部屋に設置された魔法陣にたどり着く。

五分遅れであったが、王女誘拐犯どもも王女もまだそこにいた。

王女が剣を抜き、抵抗していたからである。

彼女は凜とした表情で宝剣を振るうと、叫んだ。

「悪党ども！　関係のない娘を巻き込むのではありません！　おまえたちがさらった娘はわたくしではない！」

「な、なんだと、……く、知るか。ならばおまえもさらうまで‼」

先ほどは己の弱さを嘆いたアリアであったが、彼女の勇気は一線級だった。黒装束の男どもに一歩も引くことなく、戦闘を続けている。

しかし、さらった娘はわたくしではない、とはどういうことだろうか。どうやらこの五分の間になにか重要な出来事が起きていたようだ。気になるが、今しなければいけないのは姫様の救出であった。

劣勢の姫様を援護するように悪党どもを挟撃すると、ひとりを神剣で斬り伏せ、ひとりを投げナイフで仕留める。その動作を姫様は褒め称える。

「さすがはリヒト様です」

「さすリヒは不要だ。今回ばかりはヘマをした。すまない」

「仕掛けを見抜けなかったのは仕方ありません。リヒト様も完璧ではないのですから。ですが、その後のアフターケアはばっちりです。今後も頼りにしております」

にこりと微笑（ほほえ）み、場を和ませるアリアだが、真剣な面持ちを作り直すと、直近の問題を提起した。

「リヒト様、こいつらは敵の一部に過ぎません」

「本隊がきても君に指一本触れさせない」

「違います、逆です。本隊は撤収しました。こいつらは間違えてハンナさんを連れ去ったのです」

「なんだって⁉」

驚愕（きょうがく）する。どうやら悪党どもはアリアではなく、間違えてハンナを連れて行ってしまったようだ。転移先に現れたハンナをアリアと誤認したのだろう。

「ハンナさんたちペアはわたくしたちよりも先行していたようです。そして〝運悪く〟悪党どもが待ち構えていた部屋に入ってしまった」

アリアは先ほど見た光景をありありと語る。

「〝最悪なタイミング〟だな」

ハンナの不運を嘆く俺。こくりとうなずくアリア。

王女誘拐未遂という大罪を犯した上に、人違いまでするなんて、なんて無能なんだ。

しかし、そのおかげで王女が無事だったと思うと、ある意味、やつらの無能に感謝しなければいけないのかもしれない。思わず安堵してしまったが、その冷酷な考えを王女は否定する。

「リヒト様、わたくしごときもののために同じ学び舎の友人が死ぬなど耐えられません。このまま敵を追わせてください」

「……それはできない」

「どうしてですか⁉」

「それは君の命がなによりも大切だからだ」

「護るべき民の命を犠牲にして生きながらえてなにになりましょうか」

「もしもその女生徒が亡くなっても将来、より多くの人を救えば帳尻が合う」

「…………」

アリアは俺の言葉に絶句する。あるいは彼女はこの期に及んでやっと俺の本質に気が付いたのかもしれない。冷酷で残酷で無情な俺の本性に。俺は大切なものを護るためならばこの世界を〝売る〟覚悟を持っていた。

たかだか、一女生徒のことなど、気にも掛けない非情さを持っていたのだ。

俺の本質に気が付いたアリアは、目に涙を溜め、唇を噛みしめる。

「……この上はひとりで救いに行きます。護衛は結構です」

そう言い放ち、俺に背を向けた瞬間、俺は彼女の首筋に手刀を入れる。

「──なぜ」

彼女はそう言い残すとそのまま気を失い、力なくうなだれる。

彼女の小さな身体を受け止めると、そのまま担ぐ。

「……俺は姫様に恨まれるだろうな」

姫様が目覚めたとき、すべてが終わりを告げており、もうどうしようもならなくなっているかもしれない。彼女は、救えたかもしれない命が失われたと知り、嘆き悲しむかもしれない。

しかし、それでよかった。これ以上、彼女の身を危険にさらすくらいならば、今後、一生、彼女に恨まれるほうがましであった。

そう覚悟し、決意した俺は、彼女を抱きかかえたまま走る。地上に向かって走り続ける。

山羊のように俊敏に、牡鹿のようにしなやかに走り抜けた。

解き放たれた矢のような速度で地上に向かう。

すると一時間で第一階層に戻ることができた。あとは地上に出るだけだが、脳裏から〝あの娘〟のことが離れない。

†

俺のストーカー。

ハンナという名の女生徒。

アリアに少しだけ似た少女。

俺が見捨てた少女。

俺が殺したも同然の少女。

「…………」

彼女の笑顔と台詞を頭から振るい落とそうとするが、それは不可能だった。

「女の子はみんな変わりものなんですよ」

彼女の台詞が脳内に木霊する。

このまま彼女を見捨てれば、俺は一生後悔するであろうが、ここで引き返しても同じだ。

姫様を危険に晒し、その身になにかあれば、俺は生涯後悔するだろう。

同じ後悔ならば姫様を取る、というのが俺の結論であったが、果たしてそれは正しかったのだろうか。

哲学せずにはいられなかったが、必死で振り払おうとしたとき、母親の顔が脳内に浮かぶ。

「……リヒト、ごめんなさい。あなたを護ってあげられなくて」

俺の母親はそんな言葉を残し、俺を一人残し天国に旅立った。

流行病、医者はそんな死因を俺に伝えたが、俺はそれが嘘であると知っていた。

エスターク家の正妻に暗殺されたことは明白だった。あの嫉妬深い魔女にいびり殺されたのだ。しかし、俺の母親は最後までそのことを俺に伝えなかった。どんなに酷い目に遭わされても俺に愚痴ひとつ言わなかった。

エスターク家で生きていくということはそういうこと。

正妻ミネルバの慈悲で生かしてもらうということだった。

母親はそのことを身に染みて知っていたから、ミネルバを恨ませないように配慮したのだろう。

余計なありがた迷惑ではない。

母親のその配慮、先見性に感謝しなければいけない。母のその賢さによって俺は命をながらえさせたのだから。この歳まで生きることができたのだから。

俺は母親の賢さを受け継ぎ、〝才能〟や〝感情〟を隠すことによって生きながらえてきたのだ。


「――リヒト、誰かのために実力以上の力を出せる人間になりなさい。愛する人のために戦える戦士になりなさい。母の望みはそれだけです」


亡き母の優しげな姿が脳裏に浮かぶ。

母の愛に深く感謝すると、遠方から見慣れた人物が視界に入ってくる。

そのものはメイド服を纏っていた。

メイドのマリーだ。

俺は軽く茶化すように尋ねる。

「物語のようなタイミングで出てくるな。盗聴器でも仕掛けられているのかな」

マリーは冗談に呼応することなく、真剣な面持ちで、

「虫の知らせよ」

と断言する。なかなかに鋭い勘の所有者のようだ。

彼女も風のような速さで接近してくると、血相を変え尋ねた。

「マリーの大事なアリアローゼ様が気絶している。正直、なにがあったか気になるし、あなたをぶん殴りたい気持ちで一杯。でも、ここは黙ってアリアローゼ様を受け取り、あなたを行かせるわ」

「――なぜ、俺が地下に戻ると分かる？」

「そんな決意に満ちた目をしている男がしようとしていることなんてふたつ。ひとつは好きな女を懸命に護る、もうひとつは自分の信念を貫くときよ」

なるほど、俺はそんな顔をしているのか。

自分では分からないが、さぞ複雑な表情をしていることだろう。

俺はマリーの機微、そして気っぷの良さに感謝すると、アリアを彼女に渡す。

「この洞窟はバルムンクの手先で満ちている。お姫様を託せるか？」

「あんたが来る前はマリーひとりで護ってたのよ」

力こぶから発せられるような頼もしい言葉だった。マリーに感謝を伝えると彼女に伝言を頼む。

「腰の神剣が共鳴している。おそらく、敵も神剣の持ち主だろう。それにこいつは近く、最大の試練がふたつ、俺を襲うと予言していた」

「ふたつ？」

「詳しくは分からないが、まあ、これから戦う相手は今までのやつの比じゃないってことさ。生きて戻ってこられるかは分からないから、伝言を託す。君の騎士は〝クヘド（愚か者）〟だった、と伝えてくれ」

「愚か者ってなによ？　マリーの化粧を馬鹿にしたこと？　それとも、もう戻ってこないつもり？」

「両方だ」

その問いに答えると、俺は反転し、先ほどよりも速い速度で第三階層に戻った。

マリーはその姿を呆然と見つめる。

「……馬鹿。なんでそんな不器用な生き方しかできないのよ」

その声は空しくダンジョンに響き渡った。

†

第三階層の最深部まで行くと、気を失った少女と、禍々しい剣を持った男と出くわす。

男の周囲には死体が転がっていた。

バルムンクの手先の死体だ。悠然と剣を持ち、俺を待ち構えている男に尋ねる。

「その死体は？」

「この娘を誘拐してきたものたちだ」

「仲間じゃないのか？」

「だから斬った。この剣の切れ味を確かめたかった」

「なるほど、外道だな、ヴォルグ」

外道にして畜生の名を口にする。

一般生（エコノミー）のヴォルグ・フォン・ガーランドは愉悦に満ちた笑みを浮かべる。

「こいつらも俺の役に立てて幸せだろう」

その瞳には狂気しか見えない。

ただ、ひとつだけまともなところがあるとすれば、それはハンナに手を掛けていないところだ。彼女の肌には僅かばかりの傷もなかった。それだけは褒めてやってもいい。

「この剣を与えてくれたものに、王女は傷つけずに捕縛せよ、と命令されている。なんでも無属性魔法の使い手らしいな。研究材料にしたいそうだ」

「まったく、趣味の悪い依頼主だ。頭が悪そうだ」

「それは同感だ」

「おまえも同類だよ。それを証拠にその娘は姫様じゃない。赤の他人だ」

「なんだと……？」

ヴォルグは改めてハンナを観察するが、間違いにやっと気が付いたようだ。

「ああ、たしかにそうだ。似ているが違う。……あの無能どもが、女ひとりまともに捕まえられないのか」

吐き捨てるように言うが、口調とは違って表情は冷静だった。

ヴォルグはわざとらしく、「しまったなあ」と口にすると剣を抜く、魔剣グラムが妖しい光を発する。


ガキン！


鉄と鉄がぶつかり合う音、次いでバチンと魔力を持つ剣特有の音が木霊（こだま）する。

ハンナに襲い掛かる魔剣グラム、それを受け止めるは俺の聖なる神剣ティルフィング。

「いきなり斬り掛かるとは紳士からほど遠いな」

「この女はアリアローゼではないからな。邪魔なだけだ」

魔力の波濤が渦巻く鍔迫り合いをしていると、ヴォルグは感心したようにつぶやく。

「ほう、おまえも神剣を使うのか」

一緒にするな！　と言い放つ代わりに、ハンナを抱きかかえ、狂犬から距離を取る。

その判断、心の叫びに神剣は呼応する。

『そうだそうだ！　ワタシをこんな根暗な魔剣と一緒にするな！　ワタシは由緒正しい聖剣なんだぞ』

その台詞はどこまでも正しい。

ヴォルグの神剣からは負のオーラしか見えない。その持ち主もどこまでも邪悪だった。

一方、神剣ティルフィングの正のオーラのすがすがしさは特筆に値する。

同じ土俵で比べてほしくなかった。

ハンナを安全圏に置いた俺は、再びヴォルグに斬り掛かる。

最速で距離を詰めると連撃を放つ。やつはそれを易々と受け止める。

先日の戦闘では素人丸出しの動きだったが、魔剣グラムを装備した途端、この動きである。チートだな、と思った。

『ちなみにあの魔剣グラムは英雄の動きを真似する〝能力〟があるんだ。あと毒竜に対する特効も』

「なるほど、それでこの変わりようか。真面目に修行するのが馬鹿らしいな。ちなみに聖剣ティルフィング様にはどんな能力がある？」

『持ち主をフレーフレーッて応援する能力がある！』

「ＯＫ、切れ味以外期待するな、ってことか」

『今のところはね。ま、乙女は秘密を抱えているものだと思って』

そんな軽口を交わし合うと戦闘を再開、一〇合ほど打ち合う。

俺の一撃には鍛錬と信念が込められていたが、やつの動きは力に満ちていた。魔剣の力を十全に使いこなしている。いや、魔剣そのものが最大限の力を発している。

ヴォルグの負の情念と魔剣のコンビネーションは想像以上に手強かった。このまま打ち合いをしたら負けは確定するだろう。しかし、それでも俺はティルフィングを握る力を弱めない。


――一時間。


信じられないが、俺は一時間にわたってヴォルグと魔剣グラムの攻撃を防いだ。

その姿にヴォルグは感嘆の言葉を漏らす。

「信じられん。超人的な動きだ。是非、見習いたい」

「……はあはあ……、ティルフィングのおかげだよ……、はあはあ……、こいつじゃなきゃ、とっくに負けていた」

「そうかもしれないな。そうなるとおまえを殺したあと、その剣を奪って装備したいところだが……」

「それは無理だな。人間には特性がある。神剣を装備できるものは極少数。しかし、神剣をふたつ以上、使いこなすものはいない。有史以来な」

「その通り。聖剣使いは聖剣しか扱えぬ。魔剣使いも魔剣のみ。魔術を嗜むものの常識だな」

「ならばその聖剣、あとで破壊させて貰うぞ。俺が装備できないのならば意味はない」

「……俺に勝ってからほざけ」

そう言うが、俺の敗色は濃厚だ。

この上できることはふたつしかない。

ひとつはこのまま相打ちに持っていくこと、
もうひとつはハンナを救うこと。

見ればハンナは目覚めていた。俺とヴォルグの戦いを遠目に見つめている。

俺とヴォルグの剣戟の凄まじさに当てられて動けないようだ。

俺は彼女に、「逃げろ！」と言うと、その隙を作るため、一撃を放つ。

聖剣にありったけの力を込め、剣閃を放ったのだ。

その一撃には蒼いオーラが籠もっていたが、最大限の一撃を以てしても、やつをよろめかせることしかできなかった。

いや、それどころか俺はやつの攻撃を喰らう。

見ればやつのグラムは俺の腹を貫いていた。

「……ぐふ」

そう漏らすと、大量の血と共に倒れる。

やつはその姿を勝ち誇ったかのように見つめる。

ただ、唯一の救いは今の行動でハンナが逃げてくれたことだ。

これで最低限の目的は達したことになる。

アリアを危険にさらさないこと。

ハンナを救うこと。

それが俺の当初の目的だ。任務達成というべきだろう。

そのように満足していると、ヴォルグは言う。

「あんな小娘など、どうでもいいわ。おれはおまえに復讐を果たし、アリアローゼを捕まえられればいいのだ」

「俺に復讐は果たせるが、姫様は捕まえられない。あの方はとても賢い女性だ。もう、おまえたちが付けいる隙はないさ」

そう断言するが、その言葉を否定するかのように幻聴が聞こえる。

「リヒト様‼」

その声は麗しの王女の声のように聞こえた。

この場では絶対に聞こえないはずの声に聞こえた。

有り得ない、と聞き流すことはできない。それくらいに現実感を伴っていたのだ。

まさか、と振り向くと、そこには先ほど逃がしたはずの王女がいた。

その姿を見たヴォルグはにやりと顔を歪めた。

†

「飛んで火に入る夏の虫。一石二鳥とはこのこと」

魔剣使いのヴォルグは愉悦に満ちた表情を浮かべる。

俺は姫様が幻影でないことを確認すると、大声で叫んだ。

「アリア！　なぜきた⁉　逃げろ‼」

腹に激痛が走るが、かまいはしない。そんなことよりも姫様の安全のほうが大切だった。

そんな俺に蹴りを入れるのはヴォルグ。

腹を蹴り上げると、そのまま苦痛にうめく俺に嫌みたらしく言い、腹を踏みつけた。

「どうやらおまえのお姫様は賢くはないようだな」

「………」

ほざけ、と言い返したいところだが、激痛のあまりそれもできない。

そんな俺の姿を見て、姫様は攻撃をやめるように諭す。

「ほお、一国の姫様に命令されるとは光栄だ。しかし、あいにくと俺は不憫（ふびん）な一般生（エコノミー）。名誉特待生（エルダー）様の言っていることが理解できない」

そう言うと、俺を踏みつける足に全体重を掛ける。

「やめなさい！　ヴォルグ！　それ以上はこのアリアローゼが許しません！」

アリアは剣を抜き放つが、彼女の実力ではヴォルグに遠く及ばない。

傷ひとつ付けられないだろう。

それくらいふたりの実力差は離れていたが、俺は彼女に挽回（ばんかい）の策があることを知っていた。そのまま見守る。

「アリアローゼ姫、俺はこの魔剣の送り主におまえを生きたまま捕まえるように命じられている。しかし、傷つけるなとも、弄ぶなとも言われていない。要は生きていればいいのだが、その意味は分かるか」

ヴォルグは好色な表情を浮かべる。生来のサディスト、倒錯者の目をしていた。

美しいアリアの色香に惑っているのだろう。

アリアは好色な男の視線に身体(からだ)を反らせる。

「いやあ、実は君のことは入学した当初から美人だと思っていてね。しかし、君は名誉特待生(エルダー)、おれは一般生(エコノミー)。住む世界が違うと思って声を掛けなかった」

「住む世界が同じでも一緒でしょう。わたくしは便所虫の言語を解しませんから」

その言葉にこめかみをひくつかせるヴォルグ。俺の腹を踏む力が強くなる。

「そんなこと言っていいのかなあ。おまえの大切な騎士が痛い痛いって言ってるよぉ」

狂気に歪むヴォルグの顔。もはやそこに人間性は一切ない。

「わたくしの身体はこの国のもの。この身体に触れていいのはメイドとリヒト様だけ。おまえのような下賤(げせん)のものに触らせることはありません」

「でも、そのリヒト様は俺の下で悶(もだ)えてるけどぉ？」

ヴォルグはサディズムを全開にさせると、本音を吐き出す。

「いいからおまえも俺の下で悶えればいいんだよ！　おれは世界最強の魔剣使いなんだから！　おまえを護る騎士はこんななんだからさぁ！」

　その品のない台詞にアリアは平然と対抗する。

「リヒト様はまだ負けたわけではありません。それにわたくしを護る盾はリヒト様だけではありません」

「他になにがあるというんだ？」

「最強のメイドさんです」

　そう言うと疾風の速度でやつの横腹を突くメイドさん。彼女の両手にはクナイが握られていた。

「アリアローゼ様一の家来、マリー、参上！」

　必要最低限の口上を述べながら、ヴォルグの右手に斬撃を加える。

　吹き飛ぶやつの指は四本、一撃で右手を使用不能にする。

「ぐ、ぐぎゃあああ‼」

　情けない悲鳴が洞窟内に木霊する。

　やつが地面を地虫のようにのたうち回ると、魔剣グラムは吹き飛ぶ。

　俺はやつの汚い靴底から解放されると、親愛なる主とメイドさんに感謝の言葉を述べた。

「命の差し入れ、ありがとう」

主は、

「どういたしまして」

と、にこやかに微笑み、メイドさんは、

「感謝しなさいよね」

と胸を張った。対照的な台詞だったが、有り難いことに変わりはなかった。

やつの魔剣が吹き飛ぶと、アリアローゼは流れる動作でそれを回収する。俺は地虫のように這いずりながら、彼女のもとに寄ると、介抱される。

「わたくしは魔法は使えませんが、薬学には少し自信が。ポーションがありますので止血しましょう」

そう言うと口にポーションを含み、俺の腹に吹き出す。これが一番、量を調整できていいのだそうな。俺の腹黒い内臓にキスをするのはさぞ気持ち悪いだろうに。しかし、彼女は文字通り顔を真っ赤にし、衣服を鮮血で汚してもまったく厭うことがなかった。

(……またひとつ、この方に命を懸ける理由が生まれてしまったな)

アリアに感謝の念を述べるが、今は彼女の表情よりも確認したいことがある。

それは俺を救ってくれたものの表情だった。

先ほど見事なクナイでヴォルグの指を斬り飛ばし、俺を救ってくれたマリー、彼女は引き続き戦闘していた。

舞うような動きでヴォルグを斬り裂いている。

「強いだろうな、とは思っていたが、あのメイドさん、いったいなんなんだ？　動きがただものじゃない」

「マリーはラトクルス流忍術の使い手です」

「ラトクルス流忍術？」

「はい。東方よりやってきたフウマという伝説の忍者がこの国に伝えた暗殺術です。マリーの一族に古くから伝承されています」

「あの娘、暗殺者の一族なのか」

「はい」

「どういう経緯で君に仕えたのか、気になるところだが、それよりも早く傷を塞がないと」

そう言うと俺は自身でも回復魔法を掛けるが、なかなか傷口が塞がらない。

回復魔法は不得手なのだ。まだ姫様のポーションのほうが効果があった。

それでも必死に回復に努めるが、そんな俺を見て姫様は言う。

「リヒト様、焦らないでくださいまし。マリーの不意打ちは効いています。それに魔剣を失ったヴォルグは恐るべき存在ではありません」

その言葉は事実であった。

指を斬り飛ばされたヴォルグは苦痛に悶えながら、短剣で応戦していた。

マリーはやつの攻撃を軽くかわすと、翻弄するかのようにやつの身体を斬り裂く。

二の腕、太もも、頬、胸、ひとつずつやつの身体にダメージを蓄積させる。

その実力差は明らかで、大人と子供ほどの技量差があった。

あるいは見ようによっては一方的に殺戮ショウを繰り広げているようにも見えたが、俺は知っている。マリーという少女がとても優しいことを。先ほどから放っている一撃はすべて致命傷とはほど遠い。ヴォルグを殺す意志を持っていないのだ。

俺ならばあのような男、一撃で斬り捨てるところだが、優しいメイドさんにはそれができないようだ。

——不覚悟、そう言い換えることもできるが、そうではなく、それが彼女の人間性、優しさなのだろう。姫様を侮辱したものは苦しみながら死ね、と思っている俺とはそこが違うところだった。

そんな俺の心を知ってか知らずか、姫様は核心を突く言葉を発する。

「変ですね……」

彼女はその美しい眉をひそめるとこう続ける。

「マリーが圧倒していますが、ヴォルグが怯む様子を見せません。普通、あそこまで実力差を見せつけられたら、戦意を喪失するはずなのですが」

「さすがは姫様だ。いいところに気が付いた」

「やはり変ですよね」

「ああ、俺もそう思ってるよ。見ろ、やつの表情、あそこまでボコられているのにあの余裕――」

ヴォルグの顔に注目する。

やつの顔は苦痛に歪んではいなかった。恐怖にも支配されていない。

ただ不気味に笑っていた。いや、にやついていた。

愉悦に満ちた笑いも漏らしている。

その不気味さは直接戦っているマリーが一番感じているのだろう。圧倒しているにもかかわらず、後退し、間を作る。

その瞬間、やつは抑えていたものを爆発させる。

「くははは！　欠落姫の部下はなかなかやるではないか、その騎士もメイドもなかなか強い」

さらに趣味の悪い笑い声が漏れるが、姫様はとあることに気が付く。

斬り飛ばされたはずのやつの指がいつの間にか復活していることに。

「馬鹿な。先ほどマリーに斬り飛ばされたはずなのに。それにあの禍々しい指はまるで――」

「まるで悪魔のよう、か」

「はい」

「その例えは言い得て妙かもな。俺にはやつが人の皮を被った悪魔に見える」

「人の皮を被った悪魔……」

「そうだ。もはややつの身体は人間ではない。心もな。おそらく、やつは魔剣グラムを託されると同時に、悪魔に魂を売ったのだろう」

その言葉に反応したのは当の本人だった。

やつはぬけぬけと言い放つ。

「なんだ気が付かれていたのか、すでにこの小僧の意識を乗っ取ったことに」

やつの声はすでにヴォルグのそれではなく、野太い猛獣のようであった。

「ああ、口から人間の臓腑の匂いがした。それにヴォルグの一〇倍はむかつく表情をするようになっていたからな」

「それはそれは光栄だ。ならばもはやこの脆弱な姿でいる必要もないな」

かつてヴォルグだったものはそう言い放つと、暗黒のオーラを纏う。

すると皮膚は裂け、そこから土褐色の筋肉が現れる。

口は裂け、牙が伸びる。

背中からは蝙蝠のような翼と黒豹のような尻尾が生えてきた。

禍々しい上に恐ろしい外見を持った悪魔へと変貌する。

「やあ、こんにちは。初めまして、かな。おれの名はアサグ。疫病の守護者にして岩よりも硬きもの」

どうやらこいつはバルムンク一派に召喚された異世界の悪魔のようだ。

すでにヴォルグの精神は死に絶えたと見ていいだろう。

俺は腰から神剣を抜くと、マリーの前に立つ。

「ここからは俺が相手をしよう」

「ふたり掛かりでもいいのだぞ」

「それは有り難い」

俺がそう言うと、マリーは両手に六本のクナイを握り、それを投げつける。化け物に遠慮はいらないと思ったのだろう。すべて急所狙いだった。やつはそれを億劫（おっくう）そうにはね除（の）けようとする。二本、醜い右手で弾（はじ）き飛ばすが、残りはすべて急所に命中する。

頭、喉、内臓、太ももの動脈、人間ならばすべて即死の箇所であるが、やつは涼しい顔をしていた。

「これが欠落姫の護衛の力かね」

アサグは口元を歪（ゆが）ませると、牙を見せる。

この悪魔はなかなかに強そうだ。

神剣を持つ手に力が入る。

俺とマリーは互いに視線を向けずにうなずき合うと、同時に攻撃を仕掛けた。

†

メイド忍者であるマリーが後方支援、俺が前衛担当。打ち合わせするでもなく、そういう役割分担になるが、不満はない。

日頃、剣の稽古をしているのはこのようなときに備えてのことだった。

神剣も張り切り、

『やったるー！』

と青白いオーラを纏わせる。

マリーも最大限の援護をくれる。後方からのクナイ攻撃、煙玉、爆竹。忍者らしいトリッキーな動きを見せるが、アサグは翻弄されなかった。

どのような攻撃も身体（からだ）を「岩石化」させて無効にしてしまうからだ。岩よりも硬きものの異名は伊達（だて）ではないようだ。神剣ティルフィングでもなかなか致命傷は与えられない。

やつは余裕の表情で俺の攻撃を受ける。

「ふはは、聖なる剣ティルフィングの力はそんなものか？　心地よい風ではないか」

「…………」

反論できなかったのはその通りだと思ったからだ。まるで太い丸太を殴っているような感覚。俺の攻撃はすべて無力化されていると見ていいだろう。

ここは魔法剣に切り替えるべきだろうか。

剣に魔法を宿し、戦う戦法だ。

しかし、そのような余裕、アサグは与えてくれなかった。

「攻撃を受けるばかりが能だと思われたくない」

そう宣言すると拳を硬質化させ、拳打を加えてくる。眼前に無数の拳が見える。拳の幕であり、拳の壁であったが、その圧力に圧倒される。

百手拳ともいうべき攻撃を神剣で受け、いなし、避け続けるが、それも永遠には続かない。一発、右肩に拳を喰らうと体勢を崩し、その後立て続けに、胸や腹にも一撃を貰う。

「……ごふ」

口から血を吐き出す。先ほど回復した傷口が開く。

血に染まる俺の姿にアリアは目を覆う。

「リヒト様」

たしかにグロい姿なのでこれ以上、姫様に心配を掛けないように神剣を振るう。

やつはその一撃を硬質化で防ぐ。まったくダメージを与えられない。効いているそぶりも見せない。圧倒的な防御力の差、それが形となって現れていた。

(……これは自爆覚悟で戦うしかないかな)

そんな感想しか漏れ出ない。

通常攻撃は一切歯が立たず、魔法剣を使う隙もない。

このまま戦えばマリーだけでなく、お姫様まで窮地に陥るはずである。その未来を回避するには、一撃にすべてを懸け、さらにその一撃に〝命〟も乗せることだった。いわゆる、禁呪魔法の中でも禁じ手の禁じ手、《自爆》を使うのだ。

それもやむなし。そう思いながら、神剣を振り回し、《自爆》を使う隙を探り始める。

アリアローゼ・フォン・ラトクルスは自分のために命を捧げるふたりの人物の背中を見る。

ひとりは幼き頃から仕えてくれているメイドのマリー。

もうひとりは先日、騎士になってくれたリヒト・アイスヒルク。

どちらも掛け替えのない友人にして、忠烈の勇士だった。

このようなふたりに巡り会えたことは、人生において幸福以外の何物でもなかったが、彼らが傷付く様子をただ見つめるのはなによりも辛かった。

——もしも、自分も彼らの横に並べれば。

彼らと一緒に剣を取り、戦うことができれば。

胸が苦しくなるほど自分の無力さに苦しむ。

アリアはその苦しみから逃れるため、腰にある剣に手を伸ばす。

戦力にならないどころか、足手まといになると分かっていても手を伸ばさざるを得なかったのだが、その愚行は〝とあるもの〟にたしなめられる。

足下に置いていた無機物が語りかけてくる。

『――神に創られた人々の子孫、および、リレクシア人の王の娘にしてドルア人の可汗(ハン)の娘よ。無駄なことはやめよ』

誰の声⁉　一瞬、身体を震わせてしまうが、すぐにそのものが誰であるか、気が付く。

先ほど回収した魔剣グラムがしゃべっていたのだ。

怪しげに輝く魔剣、彼は言葉を発するたびに魔力の波濤(はとう)を巡らせる。

『そうだ。我がしゃべっている。我の名は魔剣グラム。異世界の北欧と呼ばれる地で生まれた最強にして不敗の魔剣――』

「剣がしゃべるなんて……」

『不思議か？』

「……いえ、この世に不可思議なことなどありません。リヒト様も時折、剣と話されているようですし」

蒼(あお)く光り輝くリヒトの聖剣を見つめる。

ティルフィングの声は耳に届かないが、それでもリヒトと彼女、とても強い絆(きずな)で結ばれていることは察することができた。

「しゃべる剣があることは理解できますが、わたくしの耳にその声が届くことが理解できません」

『どうしてだ？』

「わたくしが神剣に選ばれしものだとはとても思えません」

『ほう、分かっているではないか、欠落姫よ』

「はい。わたくしは無属性の魔法しか、いいえ、無属性の魔法も満足に扱えぬ無能姫」

『それは違うな。無属性魔法は選ばれしものにしか扱えない究極の魔術』

「しかし、わたくしはその無属性魔法で攻撃することもできません」

『なぜ、役に立たないと決めつける？』

「わたくしの無属性魔法では鉄は斬り裂けません。岩を砕けません。空しく風を切るだけなのです」

『それは生まれ持った性質だろう。ただ、攻撃魔法が向いていないだけ』

「攻撃魔法の使えない魔術師に意味はありますか？」

『支援魔法がある』

「わたくしの支援魔法は『無』。味方に掛けても敵に掛けても大した効果はありません」

『それこそが決めつけなのだ、欠落姫よ。たしかにおまえは多くのものが欠落しているが、その代わり人にはない〝力〟が使える』

「あなたの声が聞こえるのもその力のひとつなのですか？」

『ああ、そうだ。通常、我の声は常人には聞こえないからな。我の声が聞こえるということは特別である証拠だ。しかし、そんなことはおまえの〝特別な魔法〟の前では余技にしか過ぎない』

「特別な魔法……」

『その魔法を使えば、対象者を「無属性」にすることができる。善と悪の呪縛から解放することができる』

「……おっしゃっている意味が分かりませぬ」

『言葉では語り尽くせない』

「ならば実際に試させてください」

『気が早いことだな』

「はい、今はリヒト様の窮地なのです。もしもその魔法で彼の窮地を救えるのだとしたら、躊躇(ためら)う必要はありません」

『いい心がけだが、その魔法を唱える代償として「命」が支払われると聞いても同じ台詞(せりふ)が言えるかな？』

「……命」

『ああ、この魔法は古代の魔術師が発明した究極魔法のひとつ。発明者はこの魔法の詠唱を終えたと同時に死んだ。魔法に寿命を奪われたのだ。つまりこの呪文を唱え終えると同時に術者は〝死ぬ〟』

「……死ぬ」のですか、と口の中で続けるが、アリアは数瞬、間を置いただけで、すぐに魔剣グラムに尋ねていた。

「術式と詠唱を教えていただけますか？」

『……欠落姫よ、分かっているのか？　その呪文を唱えれば死ぬのだぞ？』

「その代わりリヒト様の命は救われます」

その迷いのない瞳、態度に魔剣グラムは驚く。

（一瞬で自分の命を捨てた。いや、天秤に掛けたのか。それほどあの若者が大事に見える）

魔人アサグと激闘を繰り広げる神剣使いの少年。名をリヒト・アイスヒルクと言っただろうか。見目麗しい美少年であり、剣術の達人のようだが、一国の姫がその命と引き換えにする存在には見えない。

この少女アリアローゼはこの国を救う、この世界に平和をもたらす。そんな使命感に燃えた少女であったが、そんな少女が己の命を懸けるとはよほどのことだ。

あの少年を心の底から愛しているのか、あるいはあの少年が世界を導く存在になると確信しているのか、そのどちらかだろう。

魔剣グラムは、氷蒼(アイスブルー)の瞳を持つ王女を見つめる。

この少女と出会って間もないが、彼女と彼女の信じるものに懸けてみたくなった。

魔剣グラムは姫の足下に魔法陣を出現させる。

『術式はこれを使え。分からぬところはそのままで、あとは自分でアレンジしていい』

「はい」

『詠唱はこうだ。

光と闇の境界線、善と悪の彼岸、それらを超越せし、存在よ。

今こそ我が命を捧げん、その清らかにして醜い手で我が命脈を絶て。

すべてを無にする名もなき無貌の神よ。

我の信じるものに大いなる力を与えよ‼』

「……これが究極の魔法」

『これが善悪の彼岸だ。善と悪を超越できる唯一の魔法』

一字一句忘れることなく聞き覚えたアリアは魔剣グラムに礼を言うと、彼を握り締め、走る。前進し、究極魔法を唱えるのだ。

この魔法はリヒトを覚醒させる魔法、彼に近づいて発動しなければ効果はない。

それにおそらくであるが、この魔法の効果が発動すれば、リヒトは「これ」が必要になるだろう。そのとき、これを素早く渡したかった。

そのように思いながらリヒトの側に近寄ると、アリアに血しぶきが飛んでくる。

リヒト・アイスヒルクのものだった。

†

先ほどから《自爆》の魔法を唱えようと隙をうかがっていたが、魔人アサグの攻撃は想像以上で呪文詠唱する暇はなかった。

その拳圧は凄まじく、何度もかすってきたが、そのたびに肉がちぎれそうになる。攻撃を直接喰らわなくても爆風と飛び散る小石だけで着実にダメージを蓄積させられている。

あいつを倒すあらゆるパターンを思考する。

頭の中でひとりチェスをするかのように考察する。

一〇〇手先、三二通りのパターンを計算したが、どれも無残に自分が死んだ。もはや自分が生き残ることはできない。ならばせめて姫様だけでも救える道を模索するが、それも難しかった。魔人アサグはそのような隙を与えてくれなかった。

（与えてくれなければ作るだけだが）

俺は姫様の騎士。彼女の護衛だ。どのような手段を用いても相手を倒す。それが俺の役目だった。エスターク城を追放され、生きる目標も定まっていなかった俺に、光明を与えてくれた姫様には恩と義理がある。それを返したかった。

軽くマリーに目配せする。彼女はそれですべてを察してくれたようだ。俺の視界から消える。

次いでアサグが己の手を硬質化させ、尖らせるのを待った。

先ほどから何度かその光景を見ていたが、剣での勝負は俺のほうに一日の長があると思わせていたので、なかなかその形態を見せなかった。しかし、戦闘が長時間に及んできたし、拳だけでは勝てないと思ったのだろう、やつは止めを刺すために己の腕を剣にした。

それが俺の布石だとも知らずに。

先ほどから岩の拳の一撃を受けていたのは、拳では俺を殺せないとやつを誤解させるためだった。だから時折、やつの攻撃を受けてもまったく表情に出さず、痛みを感じない振りをしていた。

やつはこう思ったことだろう。「こいつは化け物か」と。

こちらに言わせればおまえが化け物なのだが、こちらに異常な耐久値があると『誤解』

させるのは大いなる作戦の第一段階だった。

やつはその思惑に乗り、右腕を剣にすると、それを振り回してきた。

数合、神剣で打ち合いをすると、俺はよろける。これもわざとだ。そうすればやつは止めを刺しにくるはずだった。

――魔人アサグはその思惑に乗ってくれる。

俺を殺すため、必殺の突きを放ってくる。

なかなかの突きだ。少なくとも城の熟練兵でもなかなか放つことができない。

ただ、剣術の鍛錬を重ねた身ならば避けられる一撃だ。しかし、俺は避けない。避けてしまったら、最後の逆転のチャンスを失うからだ。

俺はその攻撃をわざと受ける。己の肩にアサグの右手を突き刺させる。

俺の肩が裂け、血が飛び散る。その姿を見てアサグは、「にたぁ」と愉悦に満ちた笑みを浮かべるが、その表情もすぐに終わる。

剣が抜けないことに気が付いたのだ。第二撃が放てない。

「な、なぜだ。なぜ抜けない」

それはそうしているからさ、とは言わず、やつの剣を右手で握り締め、さらに固定する。

手のひらからは血が溢れ出る。

「く、馬鹿か、おまえは超近接戦闘にでも持ち込む気か？　肉弾戦はおれが有利だぞ」

「知っているよ。しかし、超近接戦闘なんてしない。これから自爆するだけさ」

「じ、自爆だと」

「ああ、半径数十メートルが跡形もなく消し飛ぶ。どんな岩石だって砕いてみせる。この十数年の研究成果を見せてやる」

俺の不敵な笑いに『死』を感じ取ったのだろう。魔人アサグは焦る。

「ま、待て、こんなところで自爆などするな。姫も吹き飛ぶぞ」

「安心しな。メイドのマリーに避難指示を出した」

「な、あの忍者娘か。そういえば先ほどから姿を見かけない」

「そういうことだ。おまえはとっくに詰んでいたんだよ」

そう言うと、命乞いをするアサドを無視し、《自爆》の呪文を詠唱する。

（……あとは自爆するだけ。姫様がこの国を改革していく姿を見られなかったこと、それに妹の花嫁姿が見られなかったことだけが心残りだが）

心残りなく死んでいくもののほうが少数派だろう。そう思った俺は、覚悟を決める。しかし、あと数節で呪文の詠唱が終わる段階まで至ったとき、状況に変化が訪れる。

すぐ後方から、姫様の声が聞こえたのだ。

「リヒト様！　自爆の魔法をお止(や)めください。あなたはこのような場所で果てるようなお方ではありません」

呪文の詠唱は止めるしかない。アサグはともかく、姫様まで巻き込まれたら堪(たま)ったものではないからだ。ただ、この期(ご)に及んでアリアを連れてきたマリーには抗議せざるを得ない。

「なぜ、姫様を連れてきた！」

俺の叫びに彼女は冷徹に答える。

「あなたはここで死ぬべき人物ではない。それにアサグなど、一撃で消し飛ばすでしょ」

それが無理なことは先ほどまで一緒に戦っていたおまえが一番よく知っているだろう。

そう言い返そうとしたが、俺の身体(からだ)が黄金色に輝いていることに気が付く。

「これは？」

その問いに答えたのはアリアだった。

「それは究極魔法、《善と悪の彼岸》です」

「善と悪の彼岸だって⁉」

「知っているのですか？」

「ああ、魔術師が目指すべき究極真理(エウレカ)のひとつだ。究極の無属性魔法だ」

善と悪の彼岸、別名、世界に調和をもたらすもの。

この魔法はこの世から善と悪という概念を消失させるというものだ。

詳細はどのような魔術書にも触れられていないが、とてつもない効果があるとだけ伝えられている。伝承ではこの世界を破壊し、ゼロから構築するような力だ。

そのような魔法を俺に唱えて、いったい、なにが起こるのだ。

それは未知数であったが、俺の身体は《善悪の彼岸》の効果を知っていた。

無意識に魔人アサグを蹴り放すと、右手に聖剣を握り締める。

次いで左手に〝それ〟を求める。

それとはアリアローゼ姫が持っている〝魔剣〟である。

アリアローゼは魔剣グラムを投げる。俺はそれを左手で受け取ると、流れる動作で鞘(さや)を投げ捨てた。その光景を見て、魔人アサグは唸(うな)る。否、叫ぶ。

「ば、馬鹿な⁉　この世界に聖剣と魔剣を同時に装着できるものはいないはず」

「ああ、そういう常識になっているらしいな」

「ならばなぜ、おまえは聖剣ティルフィングと魔剣グラムを同時に装着している！」

「知らんよ。まあ、姫様の力なのだろうが」

アリアを見る。彼女もまた黄金色に輝いていた。

(欠落姫アリアローゼ。……いや、善悪を超越せし姫、かな)

新たな異名を心の中に刻みつけると、彼女が施してくれた強化魔法に感謝する。

ただ、それでも腹に穴が空き、肩からは止めどなく血が流れていた。これ以上の戦闘は無理だろう。そう思った俺は右手の聖剣と左手の魔剣に魔力を送り込む。

「聖剣ティルフィングよ、そして魔剣グラムよ。今からおまえたちは俺の相棒だ。よろしく」

『おう！　てゆーか、ワタシたちはもうマブダチだよ』

『承知』

それぞれに性格を反映するような返答をする神剣たち。

俺は彼らに感謝すると魔法剣を使用する。

その姿を見て、アサグは驚愕の台詞を発する。

「な、なんだと⁉　聖剣と魔剣を二刀流にしつつ、さらに魔法剣を使うだと⁉　あ、――」

有り得ない、そう続く予定だったのだろうが、もはややつに主導権はない。

この戦場の支配者はリヒト・アリスヒルクだった。

ティルフィングに炎の魔法、グラムに氷の魔法を込めると、それを斬撃として解き放つ。

炎と氷の剣閃は、Ｘの形となり、アサグに襲いかかる。

その速度は燕のように速かったが、さすが魔人、反応することはできた。

両手を盾のように硬質化させると、氷炎の斬撃を防ごうとする。

先ほどまではそれですべての攻撃を無効化していたが、その一撃は先ほどまでのものとは違った。

異質であり、異常な攻撃力が付加されていたのだ。

氷炎の剣閃は、十字にガードを固めたやつの両手を切り落とし、そのままやつの胴体を四つに分ける。

自分が四つに分断される姿を見ながら、やつは最期の疑問を口にする。

「な、なぜだ。なぜ、おれがこんな人間風情に負けたんだ」

その問いに俺は答える。

「おまえは人間の命を侮辱し、姫様の名を辱めた。生きる価値がない」

そう言うとやつは意識を消失し、爆散する。

「ぐぎゃあああぁぁぁあー‼　く、くそう、おのれえええええぇー‼」

悪党は散り際の言葉すら醜い、心の中であざ笑うと、汚い花火を眺めながら、右手と左手の神剣を地面に刺す。

もはや自力で立っていられないほど消耗し、傷付いたのだ。

いや、そんな生ぬるい状況ではなく、俺は意識を失う。

前のめりに倒れると、俺の視界を暗闇が支配した。

「リヒト様！」

「リヒト！」

姫とメイドが俺を呼ぶ声だけが脳内に木霊(こだま)する。


リヒトが気を失っているさなか、アリアとマリーは先ほどのことを思い出す。

アリアローゼ・フォン・ラトクルスは護衛であるリヒト・アイスヒルクが魔人を倒す瞬間をその目に焼き付けることにした。

究極魔法《善悪の彼岸》を彼にほどこし、彼の能力を最高に引き出す。

それは魔剣グラムにうながされたことであるが、あるいは自分はそのために生まれてきたのかもしれない。魔法を唱え終わった瞬間、そのような天命を感じ、充足感すら得ていた。

そのまま死んでもいい。そう思ってしまったくらいだ。

いや、そのまま死ぬのだけど。

究極魔法の代償は術者の死。術者の寿命と引き換えにして、《善悪の彼岸》を発動し、ほどこした相手に力を与えるのだ。

善悪の彼岸はまさしく、相手から善悪を奪い、〝無〟にすることによって、どのような神剣も扱えるようにする、というものだ。最強の魔法であり、最高の祝福でもあるのだが、その強力過ぎる効果との引き換えが人間の命だけというのは安いものなのかもしれない。

少なくともアリアはそう思って呪文を詠唱した。

呪文の詠唱が佳境に入ったとき、自分の肩を摑む存在に気が付く。

メイドのマリーがアリアに魔力を送り込んできたのだ。

アリアは叫ぶ。

「駄目です、マリー！　あなたの寿命も失われますよ」

「それが目論見です。マリーの命も半分差し出せば、アリアローゼ様が死ぬことはありません」

「そのようなこと許されません。いえ、許しません」

「これは部下としてやっているわけではないです。アリアローゼ様の、ううん、アリアの友人としてやっているの」

真剣な瞳で自分を見つめるマリー。彼女と初めて会った日のことを思い出す。

あれはまだアリアが王宮に上がって間もない頃。母親を亡くし、頼るものがいなかった頃。そのとき、自分を励まし、元気づけてくれた女の子の顔だ。

マリーもまた親を亡くしており、ふたりはとても気が合った。主とその従僕という出逢いであったが、ふたりに友情が育まれるのにさして日数はいらなかった。

アリアは自分がどのように侮辱されても怒ることはなかったが、マリーが侮辱されれば怒った。友のために戦った。

マリーも同じだ。他のメイドからどのように馬鹿にされても怒ることはなかったが、アリアの陰口を聞けば同僚を殴りつけた。友のために孤立も厭わなかった。

以来、ふたりでラトクルス王国の王宮を生きてきた。姉妹のように、友のように。あるいはその絆は夫婦以上であったかもしれない。

そのような少女が命を懸ける、と申し出てくれているのだ。

アリアローゼはその決意を無下にすることはなかった。

「あなたの命半分貰い受けました」

「ありがとう、アリア」

「わたくしはこれからこの王国を手に入れます。王国を手に入れ、すべてを改革する。すべてを良き方向に導く」

「微力ながらお手伝いします」

「手に入れたもの、幸せはすべてあなたと分かちます」

「男以外は」

くすくすと笑うマリー。

その冗談に微笑を浮かべるアリア。

決意が固まったアリアは、マリーとふたり、命を捧げ、究極呪文を完結させる。


光と闇の境界線、善と悪の彼岸、それらを超越せし、存在よ。

今こそ我が命を捧げん、その清らかにして醜い手で我が命脈を絶て。

すべてを無にする名もなき無貌の神よ。

我の信じるものに大いなる力を与えよ‼


こうして解き放たれた《善悪の彼岸》。

その効果によってリヒトは、神剣を二刀流にし、魔人を討ち滅ぼす。

自分の愛すべき主が、同僚が、寿命を捧げたことは、生涯、知る由もなかったが、それは未来に影響を与えることはない。

なぜならば王女の騎士リヒトは、

どのようなことがあっても、一度護（まも）ると決めた対象は最後まで護り抜くからだ。

あるいはリヒトの価値はそこにあるのかもしれない。

その知謀でも、学識でも、才能でもなく、

その心こそが、

最強不敗の神剣使い

という呼称の由来なのかもしれない。

†

「善悪の彼岸が解き放たれたか」

壮年の紳士であるバルムンクはぼそりとつぶやく。彼の忠実な部下、禿頭（とくとう）の執事は反芻（はんすう）するように主の言葉を確認する。

「善悪の彼岸、まさか本当に存在するとはな」

主であるバルムンクは軽く頬を緩ませる。禿頭の執事はその姿を奇異に思っているようだ。

「バルムンク様、あなた様の大切なコレクションのひとつが王女の護衛の手に渡ったのですぞ。そのように呑気な」

「呑気か、おまえにはそう見えるか？」

「は、失礼ながら」

「かもしれないな。王女をこちらに取り込もうとした矢先、最強の護衛を得て邪魔された上に魔剣をひとつ奪われたのだから」

「左様です。由々しき事態かと。バルムンク家の宝物庫には魔剣聖剣が溢れているとはいえ、無限にあるわけではありません」

「なあに有象無象の神剣をいくら奪われたところで痛痒も感じない」

バルムンクはそういう言い放つと立ち上がる。

部屋の奥に鎮座している台座に近づく。

そこに置かれた禍々しい剣、いや、聖なる剣か？　光と闇、双方の特徴を併せ持った剣が設置されていた。バルムンクはつぶやく。

「聖なる属性を持つ剣は聖剣、魔の属性を持つ剣が魔剣、世間から神剣と呼ばれている剣はおおむね、ふたつの属性に分かれる」

「左様でございます」

「俺に言わせれば七面倒くさい分類だ。聖剣も魔剣も、どちらも中途半端（ちゅうとはんぱ）な存在、そう思わないか？」

「御意」

「しかし、俺の神剣は違う。真に神剣を名乗れるのは俺の剣だけ。なぜならば俺の剣は聖なる属性と魔の属性、ふたつを併せ持つ究極の剣」

バルムンクは自分と同じ名前の〝神剣〟をすらりと抜く。

「リヒト・アイスヒルク。貴様がいくら最強の聖剣と魔剣を同時に使いこなそうが、端（はな）から俺に敵（かな）うことはない。まがいものを何本持とうが、本物には敵わないのだ」

バルムンクはそう言い放つと、神剣を抜き放ち、台座を真っ二つに斬り裂く。その台座は古代魔法文明の遺産、駿馬（しゅんめ）を五頭買える値段で取り引きされているものであったが、バルムンクは気にすることなく破壊する。禿頭の執事はそんな主を凝視する。

（珍しく高ぶっておられるな、我が主は）

そう分析する。「剣など何本奪われようとも惜しくない」その言葉は真実であろう。バルムンクはこの国の有力者であると同時に、最強の戦士のひとり、剣一本で心を取り乱すような人物ではない。――ただ、己の他に〝聖と魔〟を同時に使いこなすものの出現には驚かされているようだ。

「善悪の彼岸を使いこなす神剣使い、か……」

伝承によればそのものはこの国だけでなく、やがて世界をも救う存在となるらしいが、その救世主は果たしてリヒト・アイスヒルクなのだろうか、それとも我が主なのだろうか。執事は考えを巡らせたが、結論は導き出さなかった。

そんなことを考察しなくても近いうちに答えが分かると思ったのだ。それに主であるバルムンクの気は明らかに高ぶっていた。高揚していた。その表情には活力さえ見える。それはつまりそう遠くない未来にバルムンクとリヒトが激突するということであった。

最強の神剣を持つバルムンクと最強の神剣使いが刃を交えることになるのだ。

それは不可避であり、あらがえない運命のようなものであった。その結果を見ればどちらが選ばれしものか、答えが出るだろう。

しかし、執事としてはそれを黙って見ているつもりはなかった。バルムンク家に仕える忠実な執事としては、ただ黙ってリヒトと主の対決を見守るわけにはいかない。リヒト・アイスヒルクにいくつかの試練を課すつもりだった。

(もしもそれに打ち勝てばよし、打ち勝てないようであれば、我が主と剣を交える資格は

ない）

執事はそう考えると、第二第三の刺客を用意することにした。幸いなことにこの学院には神剣を使いこなすものに事欠くことはなかった。また、野心家も多い。バルムンク家の執事は他人の欲望に火をともすのが限りなく上手（うま）かった。

†

魔人を討ち滅ぼした俺。その代償はあまりに大きい。

腹には大穴、肩には裂傷、それだけでなく、全身二〇箇所の骨折も見られた。

王立学院の医者いわく、生きているのが不思議、とのことであったが、俺の回復力も凄（すさ）まじく、三日後には意識を取り戻し、医者を困惑させる。

また、一週間後にはベッドの上で筋トレを始め呆（あき）れさせる。

看護婦に二四時間態勢で見張られながら、二週間ほどで退院する。

王立学院の進んだ医学と、姫様に用意して貰った霊薬（エリクサー）によって見事に回復する。

入院前よりも元気なくらいだ、というのは誇張であったが、後遺症などもなく退院することができた。

これですぐに護衛に復帰できる、そのように姫様とメイドに話すと、彼女たちも嬉（うれ）しそうに微笑んでくれた。

さて、このような顚末で姫様のことを護ることに成功した俺だが、ひとつだけ気になることがあった。

それは以前、神剣ティルフィングが残した予言だった。

彼女は俺に「大いなるふたつの試練が訪れる」と明言していた。

ひとつ目の試練が魔人アサグとの戦いなのは容易に想像できるが、ふたつ目が分からない。

これからどのような試練が訪れるのだろうか。

もしもそれが魔人アサグ襲来以上のものならば、また入院くらいは覚悟しなければいけない。そう思った俺は腰の神剣に語りかける。

『──ふぁーあ、呼んだ？』

どうやら彼女はお昼寝中だったようで、寝ぼけまなこな台詞をくれる。

「いいご身分だな。真っ昼間から」

『えっへん、偉いでしょう。昼間から惰眠をむさぼれるんだよ。人間と違って働かなくてもいいからね』

「神剣には学校も試験もない、か」

『その通り。全員ニートなんだ』

その暴言に新しく腰に加わった魔剣グラムは反論を申し出てくるが、神剣ニート説について論議をするのは後日にしたかった。今はふたつ目の脅威について語りたかった。

「それよりもティル、ふたつ目の試練なんだが、どんな試練が訪れるんだ？　今度は巨竜でも襲撃してくるんだろうか？」

『なんでそんなこと聞くの？』

「聞いておけば対策できるだろう。俺は姫様の護衛だ。事前にあらゆる対策を講じておきたい」

『護衛の鑑（かがみ）だね。でも、対策は無理だと思う』

「そんなことはない。巨竜なら対竜兵器を揃（そろ）えるし、不死の王ならば神聖魔法を極める」

『世の中、そんな武断的な思考法でぐぐり抜けられる試練ばかりじゃないんだよ』

ティルフィングはのほほんと言い放つと、こんな予言をする。

『まあ、気になるのは分かるけど、学院に行けばすぐに分かるから、取りあえず朝食でも食べなよ』

呑気な口調であるが、いくら問いただしても暖簾（のれん）に腕押しなので、その指示に従う。

寮の食堂に向かう。このあともしかしたら戦闘があったら困るので、腹八分目にしておく。その行為を神剣は笑うが、こっちとしては予言が分からない以上、最善を尽くすしかない。

しかし、そんな俺の生真面目な行動がおかしくて仕方ないのだろう、彼女は徐々に種明かしをする。朝食を終え、鞄を持って立ち上がると、第一のヒント。

『これからやってくる災害は身だしなみに五月蠅いよ。襟元に気をつけて。あと、寝癖も』

素直にその言葉に従って、身だしなみを整える。

第二のヒントは登校中に貰う。

『これからやってくる災害は人目を気にしないよ。だから物陰に隠れても無駄』

最近、学院の女生徒が五月蠅いので、人通りのない道を探すようになっていたが、そのような配慮は無駄なのだろう。一番大きな道を使って姫様の寮へ向かう。

姫様の寮にたどり着き、彼女が出てくると第三のヒントがくる。

『これからやってくる災害はとっても嫉妬深い。先日の一件で姫様のフラグが立ったかもしれないけど、あんまりイチャイチャしないように。さて、これにてワタシの予言はお終い。これから二度寝するから、もう起こさないでね』

ティルフィングはそう言い切ると、沈黙した。

まったく、いい加減な上に自分勝手なやつだ。そう吐息を漏らすが、彼女は賢者でもあるようで……。

数秒後、なぜ、彼女が眠ってしまったのか、悟った。

要は余計なトラブルに関わり合いになりたくなかったようだ。

遠くから、

「リヒト兄上様～！」

という声が聞こえる。

遥か遠方、小さな点が俺の名を叫んでいる。

なにごとか、周辺の生徒は大声を発しながら走る少女に注目するが、その速度は風のようでなかなか捕捉できない。

風と一体化した妹エレンは、最大速度のまま俺の胸に飛び込んでくる。

彼女の黒髪がふわりと宙を舞う。

朝の日差しも相まって妹の可憐さには拍車が掛かっていた。また、往来で抱き合う男女というのはとかく目立つ。距離を取ろうと彼女の肩に手を触れるが、なかなか離れてくれなかった。

妹のエレンは俺の名を連呼し、胸に顔を埋める。

それが数十秒続くとさすがに周囲の視線も痛々しくなってくるが、問題なのは敬愛する主にこの光景を見られているということだった。

冷静な彼女が目を丸くし、口をぽかんとさせている。やっとの思いでエレンとの関係を尋ねてくる。

無論、俺は冷静に即座に、

「妹」

と答えるが、エレンは、

「運命の人」

と答えた。

その回答を聞いて、アリアはさらに困惑した。

「……ふう」

と吐息を漏らす。

これが二番目の試練というやつか。

と自覚する。

神剣が予言したふたつ目の試練。

それは第一の試練よりも遥かに厄介で、面倒な試練だった。

――ただ、命の危険はない試練だが。

俺は敬愛する主アリアに、親愛なる妹エレンを紹介した。

これが運命の少年と少女たちの出逢(であ)いであった。

あとがき

初めまして＆いつもありがとうございます！　作家の羽田遼亮です。
「最強不敗の神剣使い」をお買い上げいただき、ありがとうございます。

本作は『小説家になろう』に投稿していたものを富士見ファンタジア文庫から刊行したもの。羽田の前作、「神々に育てられしもの、最強となる」と同じパターンですね。

無論、陰では編集さんと一緒に練り上げるいわゆる『企画』も平行して進めているのですが、『小説家になろう』はダイレクトに読者様の声や反応が見られるのが素晴らしいと思っています。

本作もネットで大変な好評を博し、刊行に至ったという経緯があり、前作、「神々に育てられしもの、最強となる」をお買い上げいただいた読者様は満足していただけるのでは？　と思っています。

この時点で二度、「神々に育てられしもの、最強となる」に触れていますが、この本を買ってくださった方の中にはなんぞや、という方もおられると思うので説明を。「神々に育てられしもの、最強となる」は羽田が富士見ファンタジア文庫より刊行している小説です。五巻まで発売中で、絶賛大人気と銘打ってもいいでしょう。コミックスも発売されており、二巻まで出ています。もしも興味を惹かれましたら読んでくださると嬉しいです。本作とは違った魅力があります。

さて、本作ですが、最強不敗の神剣使いが大活躍するお話です。（まんまやんけ！）クールで格好いい主人公！　それに兄命の妹、心優しいお姫様、この運命の三人を主軸に物語は進みます。二巻も発売予定ですので、楽しみにしてくださいね。二巻は妹のエレンが主軸になります。

それではあとがきのページ数も迫ってきたので最後に御礼を。

まずはこの本を買ってくださった読者の皆様、ありがとうございます。本当に有り難いです。

次にこの本を制作するにあたり尽力してくださった編集さん、イラストレーターのえいひさん、校正さん、デザイナーさん、その他、縁の下の力持ちの皆様、誠にありがとうございます。

特にイラストを担当してくださったえいひさんは、スケジュールがタイトな中、最高のイラストを用意してくださり、嬉しく思っています。

本というのは、色々な人の力を借りてやっと出版できるもの。

これからも皆様の力をお借りし、本を出し続けたいと思っています。

それでは二巻、もしくは別の作品でまたお会いできることを楽しみにしております。

二〇二一年一月　羽田遼亮

最強不敗の神剣使い 1
王立学院入学編

令和3年2月20日　初版発行

著者——羽田遼亮

発行者——青柳昌行

発　行——株式会社KADOKAWA
〒102-8177
東京都千代田区富士見2-13-3
0570-002-301（ナビダイヤル）

印刷所——株式会社暁印刷

製本所——株式会社ビルディング・ブックセンター

※定価はカバーに表示してあります。
●お問い合わせ
https://www.kadokawa.co.jp/（「お問い合わせ」へお進みください）
※内容によっては、お答えできない場合があります。
※サポートは日本国内のみとさせていただきます。
※Japanese text only

ISBN978-4-04-073956-4 C0193 ◇◇◇

この少年、神々の子につき

羽田遼亮
ill fame

神々に育てられしもの、最強となる

A boy raised by gods will be the strongest.

神々の住む山――テーブル・マウンテン。

その麓に捨てられた赤ん坊は、神々に拾われ、
ウィルと名付けられるが……。

「この子には剣の才能がある、無双の剣士にしよう」

「いいえ、この子は優しい子、最高の治癒師にしましょう」

「いや、この子は天才じゃ、究極の魔術師にしよう」

剣の神、治癒の神、魔術の神による英才教育を受け、
神々をも驚愕させる超スキルを修得していくウィル。

そんなある日、テーブル・マウンテンに、
ひとりの巫女がやって来て……。

すべてが規格外な少年・ウィルの世界を変える旅が始まる!

すべてが規格外
ウィル
神々の暮らす山の麓に捨てられ、
剣の神、治癒の神、魔術の神に
育てられた少年
ファンタジア文庫
シリーズ好評発売中!

てんじょうゆうや
天上優夜
異世界で
レベルアップした結果、
最強の身体能力を
手に入れた少年
この少年すべてが
シリーズ好評発売中！

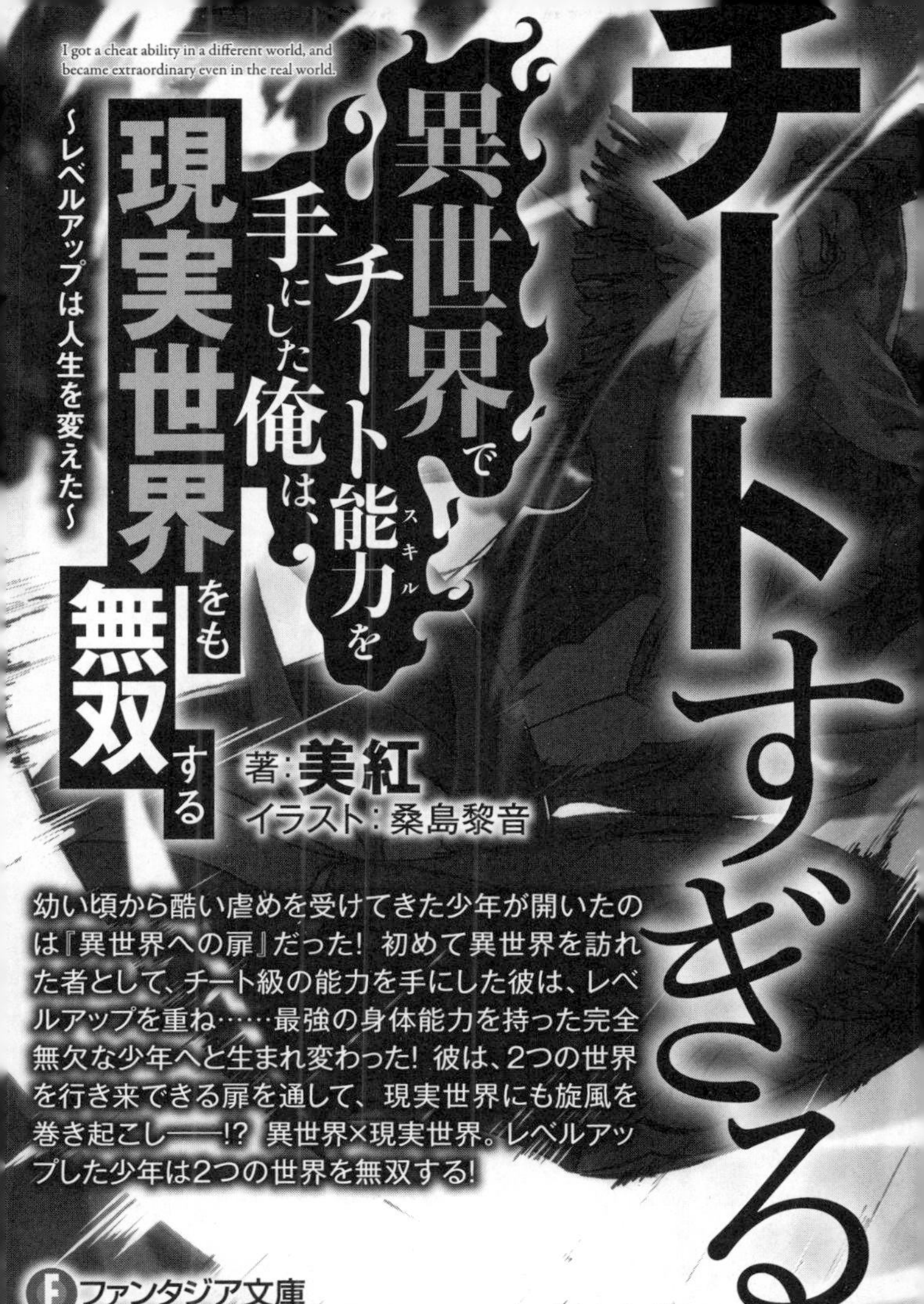
I got a cheat ability in a different world, and became extraordinary even in the real world.
チートすぎる
異世界でチート能力(スキル)を手にした俺は、現実世界をも無双する
~レベルアップは人生を変えた~
著：美紅
イラスト：桑島黎音
幼い頃から酷い虐めを受けてきた少年が開いたのは『異世界への扉』だった！ 初めて異世界を訪れた者として、チート級の能力を手にした彼は、レベルアップを重ね……最強の身体能力を持った完全無欠な少年へと生まれ変わった！ 彼は、2つの世界を行き来できる扉を通して、現実世界にも旋風を巻き起こし——!? 異世界×現実世界。レベルアップした少年は2つの世界を無双する！
ファンタジア文庫